영웅은 없었다

영웅은 없었다

연평해전, 나의 전쟁

김한나

기파랑

김한나 씨가 그동안 노력해왔던 일들을 보면 '심상사성(心想事成, 간절히 바라면 이뤄진다)'이라는 고사성어가 생각납니다. 2002년 6월 제2연평해전에서 전사한 고 한상국 상사의 아내로 김한나 씨가 16년 동안 붙잡고 온 신념은 "남편이 한 일, 즉 남편이 대한민국을 지키기 위해 고귀한 목숨을 바쳤음"을 기억해달라는 것이었습니다.

김한나 씨가 그 신념을 바탕으로 여기저기 뛰어다니며 펼쳤던 활동의 반향으로 국회에서는 전사자들을 위한 특별법 만들었고, 김학순 감독님은 영화 〈연평해전〉을 제작하여 국가를 지키기 위한 숭고한 죽음의 가치를 온 국민에게 알렸습니다. 저는 개인 혼자 변하지 않는 신념을 갖고 한 길을 간다는 것이 얼마나 외롭고 어려운 길인지 잘 알고 있습니다. 그래서 그동안의 김한나 씨의 활동과 그 기록을 책으로 펴내려는 열정에 누구보다 큰 박수를 보냅니다.

저 또한 2013년부터, 자신의 한계를 뛰어넘어 평화 통일에 대한 의지를 다질 수 있는 'DMZ 평화통일대장정'을 해마다 진행하고 있습니다. 이는 대학생들과 휴전선을 따라 15박 16일 동안 155마일 350km를 무더위 속에서 완주하는 행사입니다. 미래의 대한민국을 책임질 젊은이들에게 열정과 도전 정신을 발휘하게 하고 나라 사랑이 무엇인지를 알려주고자 하는 하나의 실천입니다.

이 대장정을 통해 저 또한 평화 대한민국은 희생 없이 지켜지는 것이 아님을 새롭게, 절실히 알게 되었습니다. 이런 면에서 연평해전 이후 진행되었던 김한나 씨의 다양한 투쟁의 이야기는 후손들에게 물려줄 중요한 자산이 아닐까 생각합니다.

김한나 씨는 지난 16년 동안의 자신의 '전쟁' 기록을 담은 이 책을 통해 NLL의 소중함을 다시금 일깨우고, 대한민국이 군인, 경찰, 소방관 등 제복 입은 분들을 존중하는 나라가 되어야 한다는 인식을 여러 독자와 함께 나누고 싶다고 했습니다. 김한나 씨의 소망대로 이 책을 통해, NLL을 지키기 위해 희생하신 여섯 용사의 명예가 고양되길 바랍니다. 또 그들이 목숨까지 바치면서 지키고자 했던 우리 조국의 소중함이 많은 사람의 가슴 깊이 전달되길 간절히 빕니다.

2019년 3월
엄홍길휴먼재단 상임이사 엄 홍 길

"승객 여러분, 이 비행기에는 우리의 자랑스러운 미국 군인인 ○○
○님이 타고 계십니다. 우리 모두 그분의 헌신에 감사하는 뜻으로
뜨거운 박수를 보냅시다."

미국 국적기를 타고 여행할 때 이런 기내 방송을 가끔 들을 수
있습니다. 미국의 현역 군인이 군복을 입고 미국 국적의 항공기를
이용할 경우 계급의 고하를 막론하고 최우선권을 부여하며 위와
같은 감사 방송을 합니다. 이런 일을 접하면서 저는 그런 예우를
받는 미군들이 참으로 부러웠고 미국이 왜 선진국이고 세계를 제
패하는 막강한 국가인지 깨닫게 되었습니다.

군인은 명예를 먹고 살며, 그 명예를 지기기 위해 하나뿐인 목숨
까지 기꺼이 바쳐야 한다고 교육받습니다. 그리고 실제 그런 상황
이 발생하면 대개는 배운 대로 행동합니다. 군인에게 가장 막중하
고 명예스러운 임무는 국가의 안위와 국민의 생명을 지키는 일입
니다. 그리고 그러한 임무를 위해 목숨을 바쳤을 때 국가는 마땅히
그들의 희생에 합당한 명예를 고양해야 하고 그 가족의 안정된 삶

을 보장해야 합니다. 이것은 국가가 지켜야 할 최소한의 의무이자 도리입니다. 이런 도리를 다했던 국가들은 역사를 통해 어김없이 선진국, 패권국가로 평가받았습니다. 천년의 영광을 누렸던 로마 제국이 그러했고 현시대에는 미국이 또한 그러한 길을 걷고 있습니다.

제2연평해전에서 장렬히 산화한 여섯 용사도 그러한 자랑스럽고 명예로운 길을 택했습니다. 그러나 국가는 그들에게 합당한 도리를 다하지 못했습니다. 명예를 고양하기는커녕 그들의 죽음을 자조적으로 비하했고 유족들에게는 합당한 보상도 이루어지지 않았습니다. 이에 분노한 유족들은 안타까움을 토로했으나 당시에는 그 누구도 귀담아듣지 않았고 그 목소리가 메아리로 돌아오기까지는 십수 년이 걸렸습니다. 이에 고 한상국 상사의 유족 김한나 씨는 이런 답답한 상황이 되풀이되지 않도록 그 지난한 과정을 담아 책으로 내게 되었습니다. 김한나 씨의 용기에 찬사를 보내고 반드시 그에 화답하는 결과가 있을 것임을 확신합니다.

가냘픈 나비의 날갯짓이 세상을 바꾸는 큰 바람을 일으킨다는 '나비효과'라는 말이 있습니다. 저는 나비효과를 가까이서 체험한 적이 있습니다. 제2연평해전 여섯 용사의 희생과 명예를 고양하기 위해 〈연평해전〉이라는 영화를 제작하는 과정에서였습니다. 김학순 감독은 사심 없이 숭고한 뜻으로 이 영화 제작에 뛰어들었습니다. 그러나 얼마 가지 않아 재정 압박으로 그 뜻을 접어야 한다는 안타까운 사정이 세상에 알려졌습니다.

이때 필자의 아내는 필자의 만류에도 불구하고 영화제작비 모금을 위한 바자회를 열었습니다. 그 더운 여름 수많은 해군 가족이 바자회에 참여했고 조선일보의 도움으로 엄청난 나비효과를 일으켰습니다. 성공적인 바자회 모습이 연일 보도되었고 이를 본 독지가가 줄을 이었습니다. 그 결과 영화를 제작할 수 있는 자금이 만들어졌고 온 국민들이 제2연평해전을 되새기는 계기가 만들어진 것입니다.

제2연평해전 당시 필자는 해군작전사령부 작전처장으로 근무했고 필자는 그 해전을 처음부터 끝까지 가장 가까이에서 안타깝게 지켜봐야 했습니다. 그 이후 필자는 해군참모총장이 되었고 그들의 원혼을 달래고자 나름의 노력을 다했습니다. 여섯 용사의 이름을 따 건조된 여섯 척의 유도탄고속함을 그들이 산화한 장소에서 가장 가까운 곳에 모아 기동 훈련도 했습니다. 유족들과 함께 한 이 훈련을 통해 저는 군함으로 다시 태어난 여섯 용사의 국가에 대한 충성심, 애국심을 재현해 보고 싶었습니다.

그럼에도 작금의 여러 가지 상황을 보면 여섯 용사의 원혼은 쉽게 달래지지 않을 것 같습니다. 때문에 김한나 씨가 집필한 이 책이 가지는 의미가 더욱 크다 하겠습니다. 필자의 작은 바람은 이 책이 또 다른 나비효과를 일으키는 것입니다. 그리하여 장렬히 산화한 여섯 용사의 명예를 제대로 고양하고 그 원혼을 달래주는 계기가 되기를 간절히 소망합니다.

2019년 3월
제29대 해군참모총장, 제38대 합참의장
예비역 해군대장 최 윤 희

저는 2002년 6월 29일 제2연평해전에서 전사한 고 한상국 상사의 아내입니다. 제 남편 한상국 상사는 대한민국의 해상 경계선인 NLL을 사수하기 위해 바다에서 격전을 치르다가 장렬히 '전사'했습니다. 그럼에도 불구하고 제 남편을 비롯한 제2연평해전 전사상자들은 전사자로서, 부상자로서 제대로 인정받지 못했고 제 남편은 10년 넘게 '공무 중 순직'한 것으로 남아 있었습니다. 나라를 지키기 위해 목숨을 바친 분들을 왜 '전사자'라고 제대로 부르지 않는 것인지, 저는 2002년 6월 29일 이후 지금까지 군에 대한 명예와 존중 정신 고양을 위해 '전쟁'을 치러왔고 아직 그 전쟁을 끝내지 못했습니다.

16년 동안 치러진 '나의 전쟁'의 목표는 전사한 남편이 '제대로 된 예우'를 받는 것, 오로지 그 하나뿐이었습니다. 제가 '돈에 눈이 멀어서'라고 오해하는 분도 많았습니다. 그러나 제대로 된 예우가 꼭 더 많은 보상금을 의미하는 것은 아니었습니다. 그것은 말 한 마디일 수도 있고 벽돌 한 장, 한 번의 발걸음, 조화 한 바구니일 수도 있습니다. 거기에 가신 분들에 대한 진실된 존중과 추모의 마음이 담겨 있다면 그것으로 족했습니다. 그런데 우리나라에서는 간단하게만 보이는 이 '제대로 된 예우'가 10년, 15년이 걸려야 간신히 할 수 있는 아주 어려운 일이었습니다.

제가 원하는 것은 '제 남편'을 기억해주는 것이 아니었습니다. 대한민국을 지키기 위해 '남편이 한 일'을 기억해달라는 것이었습니다. 남편을 잃은 후 저는 네 가지 사항을 정부와 해군에 요구했습니다. '교전'에서 '해전'으로의 명칭 변경, 참수리호 실물의 용산 전쟁기념관 이전 및 전시, 제2연평해전 부상자에 대한 국가유공자 예우, 그리고 남편의 상사 추서 진급이었습니다. 긴 시간이 걸렸지만 감사하게도 이 네 가지는 다 이뤄졌습니다.

2017년 12월 29일 '제2연평해전 전사자 보상 특별법'이 만들어져서 남편과 동료들은 15년 만에 비로소 명실상부한 '전사자' 예우를 받게 되었습니다. 이 일을 마지막으로 저는 제 할 일을 다 했다고 생각했습니다.

그러나 깊이 생각해보니 제게는 아직 해야 할 일이 두 가지 남아 있었습니다. 첫째는 남편과 동료 장병들의 피로 지켜진 NLL이 우리나라 안보에 얼마나 중요한 곳인지를 알리는 것입니다. 이를 위해 제2연평해전을 기리는 일을 계속하려고 합니다. 둘째는 제가 이제껏 받은 도움과 격려에 보답하는 일이었습니다. 저는 이제 그 보답의 일환으로, 대한민국을 지키다 돌아가시거나 다친 분들을 돕는 일을 하려고 합니다. 그런 일을 통해 앞으로 자라나는 세대들에게 왜 목숨을 바치면서까지 나라를 지켜야하는지, 나라가 왜 중요한지 조금이나마 알리고 싶습니다.

제 힘이 어디까지 닿을 수 있을지는 아직 잘 모르겠습니다. 또 그것이 이전보다 더 치열한 전투가 될 지도 모른다는 생각도 듭니다. 하지만 누군가는 해야 하는 이 일에 제 작은 힘을 일각이나마 보태고자 용기를 내봅니다.

제2연평해전 1주기 추모 행사 기사를 쓴 기자는 저에 대해 "남편의 그늘 아래 얌전한 새댁이었던 김한나 씨는 남편의 사망 후 투사로 변해 있었다"라고 표현했습니다. 투사, 제게는 참으로 버거운 호칭입니다. 하지만 저는 지난 16년 동안 정말 투사로 살았고 앞으로도 필요하다면 투사로서 온 힘을 다 바칠 것입니다.

다만 얌전한 새댁이었던 저 같은 사람이 투사로 변하지 않으면 안 되는 세상이 다시는 되풀이되지 않기를 바랍니다. 이런 간절한 바람으로 지난 16년 동안의 저의 '전쟁' 기록을 이 책에 담았습니다. 이 책을 통해 NLL의 소중함을 다시금 일깨우고, 군인, 경찰, 소방관 등 제복 입은 분들을 존중하는 대한민국이 되어야 한다는 인식을 여러 독자와 함께 나눌 수 있기를 기원합니다.

생각해보면 제가 하는 일이 맞는 것인지에 대한 불확실함과 스스로 표리부동에 빠지지는 않는지 마음속의 치열한 갈등과 충돌에 몸부림쳤던 지난 16년의 세월, 많은 분의 도움으로 저는 몇 번이고 다시 일어서며 살아왔습니다. 제2연평해전을 아직도 기억하고 진심으로 추모의 마음을 보내주시는 분들, 관련 소식이 언론에 실릴 때마다 함께 마음 아파하고 분개해주신 분들, 제2연평해전과 저에 대해 기사를 써주신 여러 매체의 기자들, 제게 큰 격려를 보내주신 미국의 6·25전쟁 참전 용사 할아버지들, 저를 딸처럼 사랑해주고 용기를 주신 고 김성은 장관님, 늘 제게 도전정신을 보여주시는 엄홍길 대장님, 의료계 마지노선에서 지치지도 않고 싸우고 계시는 이국종 교수님, 추모 사이트를 만들고 참여하여 함께 행동해주신 권준혁, 김상길 본부장과 회원들, 월급을 쪼개고 주머니를 털어 성금을 보내주신 분들, 연평해전 전사자들을 위한 특별법을 만들어주신 국회의원들, 저의 거친 항의를 귀담아 들어주고 조금씩 변화한 모습을 보여준 최윤희 전 합참의장님 이하 해군, 영화 〈연평해전〉을 만들어주신 김학순 감독님과 제작진, 그리고 영화를 보고 동감해주신 관객들, 소설 『서해 해전』을 집필하여 이 사건이 잊히지 않도록 도와주신 작가님, 제게 일자리를 주셨고, 청와대로 초청하거나 혹은 추모식에 참석하여 위로해주신 대통령님들……. 정말 감사합니다. 여러분의 응원에 보답하기 위해서라도 앞으로 더 열심히 살아가겠습니다.

지금까지도 함께 해주신 하나님께 영광을 돌리며, 항상 위로를 아끼지 않는 가족들께도 머리 숙여 감사의 인사를 드립니다. 또 부족한 제 원고를 책으로 내주신 도서출판 기파랑 안병훈 대표님과 관계자들, 글을 다듬어주신 황인희 작가님께 진심으로 감사드립니다.

2019년 3월
김 한 나

일러두기

김한나 씨는 2011년 개명했습니다. 그 이전의 기사 등에는 예전의 이름 '김종선'으로 쓰였지만 이 책에서는 혼선을 막기 위해 '김한나'로 통일하여 썼습니다. 고 한상국 상사의 계급과 서해교전·제2연평해전의 명칭은 해당 시기의 계급과 명칭으로 각각 표기합니다. 또한 대화체는 김한나 씨가 기억을 더듬어 쓰기도 하였지만 일부는 기사 발췌의 도움을 받았음을 알려드립니다.

1.
남편을 앗아간 끔찍한 전쟁

폭풍 전야

그것이 정말 맞는 말일까? 엄청나게 즐거운 일이나 크나큰 행운이 다가오면 반드시 불행이 뒤따른다는 말이……. 이 말이 누구에게나, 언제나 적용되는 말일까? 너무 기쁜 일이 있을 때 다가올 수 있는 불행을 생각하고 방심하거나 우쭐대지 말라는 경계의 말에 불과하겠지. 더구나 나는 그때 20대의 나이, 뭐든지 내 마음대로 할 수 있을 것 같던 자신만만한 시절이었다. 그런 내가 어떻게 그런 엄청난 경계의 말을 가슴 깊이 새길 수 있었을까? 젊은 나는 즐거운 일이 있으면 다음 날을 생각하지 않고 한껏 즐겼다. 내게 참을 수 없이 불행한 일이 생길 것이라고는 상상도 할 수 없었다. 어쩌다 닥친 불행을 어떻게 해결할 것인가는 그때 가서 생각하면 그만이었던 시절. 나의 20대도 그런 시절이었다.

더구나 그때는 2002 한일 월드컵이 열리고 있던 때였다. 나라 전체가 축제 분위기로 흥청거리고 전 국민이 흥분 상태에 빠져 있을 때였다. 그때 나에게, 어쩌면 뒤에 닥칠지 알 수 없는 불행을 걱정하며 그 즐거움 속에서 자중자애하고 있을 이유는 없었다.

2002년 6월 25일

월드컵 축구대회 준결승 경기가 있었다. 역사상 처음으로 4강에 오른 우리나라와 강호 독일과의 결전. 이 경기만 잘 풀리면 우승까지 노려볼 수 있다는 기대도 했다. 나도 대한민국 대부분의 국민처럼 응원을 하기 위해 거리로 나섰다. 결혼 후 연락이 뜸해진 친구들을 오랜만에 불러냈다. 서울 강남이었을까, 아니면 대학로였을까? 기억은 가물가물하지만 그것은 중요하지 않다. 경기 내용이 어땠는지조차도 상관없는 일이었다. 그곳이 어디든 국민 모두 한마음이 되어 "대한민국!"을 외치기는 마찬가지였으니까. 나도 남들처럼 팔 아프게 태극기를 흔들고 응원하느라 대형 스크린 속의 경기 내용에 관심 둘 겨를도 없었다.

대한민국은 독일에 0대 1로 졌다. 졌지만 패배의 분위기는 아니었다. 응원 나온 사람들은 실망하지 않았다. 여기까지 한 것도 대단하다며, 강호 독일을 상대로 그만큼 한 것도 선방이라며 들뜬 기분으로 우리 축구의 미래와 가능성을 이야기하며 흩어졌다.

친구들과 헤어져 집으로 돌아온 나도 흥분과 들뜬 마음이 쉽게 가라앉지 않았다. 오직 한 가지 아쉬운 것은 이 즐거움, 이 흥청거림을 남편과 함께 나눌 수 없다는 것이었다. 나도 다른 커플들처럼 남편과 함께 거리 응원을 했다면 얼마나 좋았을까? 남들은 사랑하는 사람들과 손잡고 기쁨을 두 배, 세 배로 키우며 돌아가는데 남편이 있는 나는 왜 언제나 빈 집에 홀로 돌아와 외롭게 있어야 하는 걸까? 문득 남편이 사무치게 그리웠다.

시계를 보니 시간은 이미 자정에 다가서고 있었다. 남편에게 전화를 걸기에는 너무 늦은 시간이었다. 하지만 중요한 경기의 날이었던 만큼 남편의 부대에서도 월드컵 경기를 보도록 허락해줬을 것이고 그렇다면 그들도 들떠있는 상태일 테니 전화를 걸어도 남편의 쪽잠을 방해하지는 않을 것이라는 생각이 들었다.

내 멋대로 판단하고 휴대폰을 만지작거리고 있을 때 전화벨이 울렸다. 이심전심이었을까? 남편의 전화였다.

"여보? 응, 나야. 안 그래도 전화할까 했는데. 나 거리 응원 마치고 지금 막 집에 왔어."

"이제서야? 이 시간까지 돌아다닌 거야? 아니, 경기 끝난 지가 언제인데 누구랑 어디서 뭘 하다가 이제야 집에 간 거야? 일찍 좀 다니라니까."

함께 거리 응원하고 생맥주라도 한 잔 같이 하고 싶었는데 그렇게 하지 못해 아쉬웠다는 말부터 하고 싶었다. 그런데 그런 말을 할 틈도 없이 쏟아지는 남편의 핀잔에 기분이 확 상해버렸다.

"언제는 집에만 있지 말고 밖으로 놀러 다니라며? 경기는 아까 끝났어도 사람이 많아서 흩어지는 데 시간이 걸렸고, 또 집도 멀잖아. 이제야 집에 올 수 있었는 걸 어떡해? 내가 누구랑 뭘 하고 놀아? 그렇게 못 미더우면 자기가 빨리 육상 근무하면서 나랑 함께 붙어 있든가."

"그럼 걱정 안 되냐? 글구 또 그놈의 육상 근무 타령. 그게 내 마음대로, 하고 싶은 대로 되는 거야? 잘 참아주더니 왜 또?"

"자기가 먼저 뭐라 하니까 짜증나서 그랬지."

그날도 우리는 떨어져 살아야 하는 젊은 신혼부부가 흔히 할 수 있는, 딱 그만큼 투덕투덕 말다툼을 했다. 하지만 우리는 이내 화해하고 서로를 위로하며 전화를 끊었다.

결혼한 지 6개월 되었다고 하지만 실제 남편 얼굴을 본 날짜는 며칠 되지 않았다. 그는 한번 배를 타면 한두 달 정도는 집에 돌아오지 못했다. 그러다 집에 돌아오면 일주일 정도의 시간이 '우리'를 위해 주어졌다. 그러나 당직 순서라도 돌아오면 그 짧은 시간마저도 빼앗기고 하루 이틀만 집에 머물 수 있었다. 그런 탓에 우리 부부는 함께 찍은 사진이 한 장도 없다.

아기라도 있었다면 조금 덜 외로웠을까? 서둘러 가졌던 아이를 4월에 유산했다. 유산의 후유증으로 몸과 마음의 건강이 완전히 회복되지 않은 것 같았다. 그래서 더욱 우울해하며 남편이 돌아올

날만 간절히 기다리고 있었다. 그런 내가 못내 안타까웠던지 남편은 친구들과 거리 응원도 다니라며 내 등을 떠밀었었다. 집에 있어도 걱정, 밖에 나가도 걱정, 이래저래 남편은 내 걱정을 잔뜩 하고 있었다. 문득 이런 게 사랑일까 하는 생각을 하며 잠자리에 들었다.

남편과의 통화의 마지막 인사는 "내일 또 전화할게"였다.

"내일 또 전화할게."

이 일상적이고 흔한 인사말이 지상에서 우리 부부가 나눈 마지막 대화가 되고 말았다. 우리 부부에게 '내일'은 약속할 수 없는 날이 되었다. 웬만하면 하루에 한 번씩 전화 통화를 할 수 있었지만 무슨 일이 있었는지 그로부터 이틀 동안 전화가 안 걸려왔다. 그리고 '그날'이 된 것이다.

2002년 6월 29일

그날에도 아무런 문제없이 6월 말의 길고도 뜨거운 태양이 떠올랐다. 기분이 온통 들떠 있는 것은 나뿐만이 아니었다. 월드컵이 아직 끝나지 않았기 때문이다. 준결승에서 독일에게 졌지만 터키와의 3·4위전이 남아 있었다. 26일 브라질과 터키가 준결승을 치른 후 이틀 동안 경기가 없었다. 5월 31일 프랑스와 세네갈이 개막전을 치른 이래 준결승을 치르기 전까지 거의 한 달 동안 매일 축구 경기가 열렸기에 경기가 없는 그 이틀이 몹시 지루하게 여겨졌다.

어느새 전 국민이 축구 중독에 빠진 것 같았고 경기가 없을 때는 금단 현상처럼 일을 손에 잡지 못했다.

그런데 이틀 만에 다시 축구 경기가 열렸다. 대구 월드컵 경기장에서 열리는 우리나라와 터키의 3·4위전. 우리 국민은 마지막 거리 응원을 하러 나가기 위해 아침부터 들떠 있었다. 나라고 달랐을까? 그날 아침까지는 나도 대한민국의 평범한 국민이었으니까 당연히 축구 경기가 열리는 저녁을 기다리고 있었다.

그날 저녁 대한민국 국민은 아무 일 없었다는 듯, 혹은 무슨 일이 일어났는지도 모른 채 터키와의 축구 경기에 열광했다. 이전의 다른 모든 경기 때와 달라진 것은 하나도 없었다. 그날 대한민국 축구팀은 터키에 2대 3으로 패배했다. 그날도 역시 패배의 분위기가 아니었다. 형제의 니리에 대한 재발건이 있었고 지더라도 두 골이나 넣고 진 것이었으며 무엇보다 월드컵에서 4위까지 올라간, 그 기적의 환희가 여전히 계속되고 있었기 때문이다.

그러나 그 기쁨을 함께 하지 못한 몇 사람이 있었다. 아니 그날 이전과 이후의 삶이 완전히 뒤바뀌어버린 사람들이 있다. 바로 제2연평해진 진사자와 부상지들, 그리고 그들을 사랑한 주변 사람들이었다.

당시 남편과 나는 평택의 단독 주택 1층에 세 들어 살고 있었다. 그 집 마당에 관상용 소나무 세 그루가 있었다. 그런데 가운데 소나무의 이파리들이 노릇노릇해지더니 시들기 시작했다. 그러더니 급기야 6월 29일에는 그 나무가 완전히 죽어버렸다. 소나무가 눈

앞에서 죽어가는 것은 처음 보았다. 집 주인 아저씨도 별 일이 다 있다고 놀라워했다. 추운 겨울도 아닌 여름에 이유 없이 소나무가 죽다니……. 불길했다. 하지만 설마 남편에게 무슨 일이 있으리라고는 꿈에도 생각하지 못했다. 남편이 배를 탄다고는 하지만 그가 타는 배는 조그만 고깃배도 아니고 최신 장비를 갖춘 해군 함정이었다. 또 그의 근무지인 NLL은 오랫동안 조용했었다.

그로부터 1주일 전쯤에는 아래 어금니가 쑥 빠지는 꿈도 꿨었다. 어금니 빠지는 꿈을 꾸면 집안에 초상이 난다고 했던가. 걱정스러운 마음에 시부모님과 친정어머니에게 전화를 걸었다. 다행히 두 집 다 별 다른 일이 없었다. 친정어머니는 별 일 없을 테니 기도나 열심히 하자고 나를 위로하셨다.

이런 저런 일들이 남편이 목숨을 잃을 징조였을까? 미리 그런 조짐을 알았다 해도 어쩔 수 없었다. 그때 남편은 이미 배를 타고 바다에 나가 있었기 때문이다. 남편의 일은 하고 싶어서 하고 하기 싫다고 안할 수 있는 일이 아니었다. 그는 나라를 지키는, 대한민국의 바다를 지키는 엄중한 일을 하는 중이었다. 하지만 일을 당하고 나니 어떻게 해서라도 남편이 그 현장을 피하게 했어야 했다는 후회가 파도처럼 밀려들었다.

2002년 6월 29일.

우연히라도 이 날짜를 보면 아직도 가슴이 철렁 내려앉는다. 그날 아침, 느닷없이 시댁에서 전화가 걸려왔다. 전화 속 시아버지의 목소리는 다급했다.

"애야, 어서 뉴스 틀어봐라. 서해 북방에서 사고가 터졌다는데 애(한상국 하사)가 탄 배인지 네가 한번 봐라. 뭐가 이상하게 돌아간다. 뭐가 잘못되었다던데……."

급하게 텔레비전을 켰다. 속보가 끝났는지 시아버지의 다급한 외침과는 달리 텔레비전에서는 한가롭게 월드컵 경기의 하이라이트가 방영되고 있었다.

'대체 뭐가 나온다는 얘기지?'

그런데 경기 장면 아래로 자막이 흐르고 있었다.

"연평도 앞바다에서 NLL을 넘어온 북한 배와 교전, 네 명 사망, 실종 한 명……."

자막에 나오는 배 이름이 눈에 익었다. 참수리 357호정. 가슴이 철렁 내려앉았다. 남편이 탄 배였다. 그때부터 알고 지내는 해군 관계자들에게 미친 듯이 전화를 돌렸다. 하지만 그들의 전화는 모두 불통이었다. 손에는 전화를 들고 있었지만 눈은 텔레비전 화면에서 뗄 수가 없었다. 두세 시간이 흐르고 화면에 남편 이름이 떴다. 남편은 사망자, 생존자도 아닌 '실종자'였다.

참수리 357호정이 근무하던 NLLNorthern Limit Line은 말 그대로 북방한계선이다. 남한 사람이 북쪽으로 더 이상 올라가서는 안 되는 선이니 당연히 북한 사람도 그 아래로 넘어와서는 안 된다. NLL이 처음 만들어진 것은 1953년 8월 30일로, 1951년 휴전협상이 시작되면서 유엔군 측은 당시의 전선을 군사분계선으로, 공산군 측은 전쟁 전의 경계선이었던 38도선을 주장했었다. 그 이유는 당시 한

국군 및 유엔군이 서해와 동해를 장악하고 있었기 때문이고 당시의 전선을 기준으로 군사분계선을 합의할 시 공산군 측은 해양봉쇄 상황에 처하게 되는 것이었기 때문이다. 거듭된 논란 끝에 서해 5도를 잇는 선과 공산군 측과의 교전선인 연안선 사이에 북방한계선NLL을 설정하고 유엔군은 이 선 이북의 모든 병력을 철수하는 조치를 취해주었다. 이때 설정된 NLL은 북한이 오히려 고마워했던 선으로 북한이 NLL을 인정했던 흔적은 1959년 조선중앙년감에 황해남도 남쪽 한계선을 NLL로 명기해놓은 점, 유엔군 사령부가 NLL을 북한과 중국 측에 정식 통보했을 때 이의를 제기하지 않았던 점, 1984년 북한적십자가 수해물자를 남측에 전달할 때 NLL을 기준으로 인계, 인수한 사례에서도 잘 나타나있다.[1] 그러나 북한은 1973년부터 생떼를 쓰기 시작, 그해 무려 40여 차례 이상을 대거 월선 침범하는 도발을 자행하여 자신들의 영해라고 억지를 부리기 시작했다. 또다시 북한에 의해 NLL 해상에서 긴장이 야기되기 시작한 것이다.

모순의 시작

당시 부대에는 한상국 하사가 결혼했다는 것을 아는 사람이 별로 없었다. 우리는 결혼식을 가을로 미루고 먼저 혼인 신고만 한채 함께 살고 있었기 때문이다. 여러 가지로 결혼을 서두를 형편이 못되었다. 하지만 기혼 복무자에게 주어지는 아파트를 신청하느라 그해 1월에 우선 신고부터 마친 것이었다.

결혼 사실을 아느냐 모르느냐가 중요한 게 아니었다. 누군가라도 붙잡고 어떻게 된 일인지 확인해야 했다. 남편의 동기들에게 전화를 걸었다. 아무도 전화를 안 받았다. 비상이 걸렸으니 전화를 받을 수 없는 게 당연한 일이었을 것이다. 그래서 아는 사람 찾기를 포기하고 일반 전화로 부대에 전화를 걸었다.

"저 한상국 하사 안사람인데요. 지금 뉴스에 나오는 얘기 뭔가요? 어떻게 된 건가요?"

부대에서는 한상국 하사에게 아내가 있다는 말을 듣고 놀라워했다. 결혼을 하고 안 하고가 문제가 아니다. 그런 엄청난 일이 벌어졌으면 가족에게 가장 먼저 통보해야 했다. 부모님이 계시지 않은가. 그런데 부모님도 아무런 연락을 받지 못한 채 뉴스로 아들이 탄 배가 잘못되었다는 사실을 알게 되었다. 오히려 가족이 먼저 부대에 전화를 걸었고 천신만고 끝에 기막힌 상황을 확인해야 했다. 이런 과정 자체가 나의 삶을 모순 속에 빠뜨리기에 충분했다.

다음 날 보령에 살고 계시던 시부모님께서 평택 집으로 올라오셨다. 뒤늦게 한상국 하사에게 아내가 있다는 것을 알게 된 부대 관계자들이 우리집으로 찾아오기 시작했다. 누가 누군지 알 수도 없는 사람들이 계속 찾아왔다. 그들이 누군지 관심 둘 상황도 아니었다. 물론 그중에서도 기억에 남는 사람들이 있기는 하다. 찾아와서 기억에 남는 사람도 있지만 오는 것이 도리일 것 같은데 오지 않아서 기억에 남는 사람도 있다.

우선 358호 정장이 찾아온 것이 기억에 남는다. 원래 357, 358호 두 대가 편대를 이루어 출동한다고 했다. 앞서 가던 358호는 357호가 피격되자 황급히 되돌려 현장으로 왔다. 그나마 358호가 가까이 있었기에 침몰한 357호의 승조원 일부를 구조할 수 있었다. 당시 대위였던 358호 정장은 한상국 하사를 구해오지 못해서 미안하다고 사과했다.

357인지 358인지는 상관이 없었다. 그들은 끈끈한 동료였고 상관과 부하였고 바다에서는 공동운명체였다. 어찌 보면 북한이 노린 것은 편대장이 타고 있는 358호였을지도 모른다. NLL을 넘어온 북한 배는 낡은 데다 능력에 버거운 포를 달고 있었다. 그에 비해 참수리호는 날렵한 배였다. 북한 배가 기민하게 움직이지 못한 탓에 조준은 358호에 했는데 실제로는 뒤따르던 357호가 포탄을 맞았을지도 모른다. 이렇게 멀쩡한 그들과 죽거나 부상을 입은 357호 승조원의 운명은 종이 한 장 차이로 뒤바뀔 수도 있었다. 어쩌면 그들 대신 내 남편과 다른 전사자들이 목숨을 바쳤을 수도 있다. 당시에는 그런 생각에 사과나 위로의 말이 귀에 들어오지 않았다. 누구라도 붙들고 원망의 말을 쏟아내고 싶을 뿐이었다.

서해교전(나중에 제2연평해전으로 명칭이 변경되었다)은 2002년 6월 29일 그날 끝났다. 시신은 찾지 못했지만 남편의 전쟁도 그날 이미 끝났다. 하지만 나의 전쟁은 그날부터 시작되었다. 생존을 위한 전쟁, 고통과 원망을 이겨내기 위한 전쟁, 무엇보다 남편을 명예로운 전사자로 바로잡기 위한 치열한 전쟁이었다.

"평생 싱싱한 전복 실컷 먹게 해줄게"

남편 한상국 상사(해전 당시 계급 하사)는 1975년 충남 보령시에서 태어났다. 여동생만 두 명을 둔 외아들이었다. 부모님은 보령 무창포 해수욕장에서 민박업을 하셨다. 그래서 남편은 어릴 때부터 바다와 늘 가깝게 지냈다.

"애가 눈앞에서 사라져서 어디 갔나 한참 찾아보면 바다에 가 있더라. 바다에만 가면 시간 가는 줄 모르고 수영하거나 낚시를 하느라 엄마가 찾는 지도 모르는 거지."

남편의 바다 사랑에 대해 시어머니께서는 늘 이렇게 말씀하셨다.

바다를 좋아하는 남편은 전사하기 한 달 전, 전복을 들고 와서 자랑했다.

"당신이 해군 남편과 살아가는 기쁨을 맛보게 해줄게. 이보다 더 싱싱한 전복은 없을 거야."

나는 그날 태어나서 처음으로 전복죽을 끓여먹었다. 정말 맛있었다. 맛있는 전복죽 앞에 행복해하는 나를 보고 남편은 자신 있게 말했다.

"내가 책임지고 평생 싱싱한 전복 실컷 먹게 해줄게."

남편이 죽은 후로 나는 전복이 싫어졌다. 다시는 전복을 내려다 보지도 않았다.

남편은 어릴 때부터 성실했다고 한다. 남편이 다녔던 초등학교는 집에서 4km 넘게 멀리 떨어져 있었다. 옛 어른들 표현으로 십 리도 더 되는 먼 길을 걸어서 통학했다고 한다. 하지만 단 한 번도 결석을 안 했을 정도로 성실한 사람이었다.

어릴 때부터 심부름은 도맡아 하며 부모님 하시는 일을 도왔지만 해수욕장 민박업으로 떼돈을 벌었을 리 없다. 남편의 집은 늘 가난했고 그 가난은 그가 성장했을 때까지도 나아지지 않았다. 집안 형편 때문에 인문계 학교에 가지 못하고 광천상고(광천제일고의 전신)에 진학했다. 대학 진학도 끝내 포기했지만 군소리 한 마디 없었다고 한다. 오히려 아르바이트를 하며 가족의 생계에 도움을 준 효자였다.

장손이라 어릴 때부터 리더십이 몸에 배서였을까? 남편은 어디서나 책임감 있고 솔선수범하는 사람이라는 얘기를 들었다. 부사관 155기 동기들도 "늘 앞장서서 동기들을 챙기는 책임감 있는 친구였다"라고 남편을 기억했다. 남편은 1995년 2월 7일 해군에 자원 입대하여 2001년 12월 1일 참수리 고속정 357호의 조타장이 됐다. 사고 닷새 전인 2002년 6월 24일 남편은 시어머니에게 전화해 "일주일만 있으면 중사 계급을 단다"라며 좋아했다고 한다. 하지만 그 후 진급 이틀을 앞두고 그는 살아생전 새 계급장을 달지 못하는 처지가 되었다.

직장에 다닐 무렵 친구 소개로 남편을 처음 만났다. 나는 고등학교 졸업 후 대학 진학을 못 했다. 학교 성적도 좋지 않은 데다 아버지가 편찮으셔서 집안 형편마저 여의치 않았다. 이래저래 우울해하고 있을 때 친구가 나에게 일할 것을 권했다. 그 친구는 고교 졸업 후 사회생활을 일찍 시작해 서울대학교 병원에 근무하고 있었다.

"내가 일하는 병원에서 사람을 구하는데 와보지 않겠니? 좀 힘들지만 급여도 많고 괜찮아." 그 말에 나도 대찬성이었다. 가계에 보탬이 될 수 있다면 나도 떳떳할 터였다. 학교 다닐 때 나는 조용한 성격의 소유자였다. 별로 나서는 편도 아니었고 활달하지도 않았다. 나를 병원에 소개한 친구는 당시 친한 편이 아니었는데 그런 좋은 기회를 제공해주었다. 지금은 외국으로 이민 가서 소식이 끊겼지만 생각하면 정말 고마운 친구이다.

친구가 이끄는 데로 가보니 대학 병원에서 간호조무사로 일하는 자리였다. 당시에는 대학 병원도 인맥으로 취업할 수 있었던 모양이다. 조무사 자격증도 없었지만 나는 곧바로 일할 수 있었다. 그렇게 시작한 일을 10년 가까이 했다. 내 용돈벌이는 물론 결혼 전 집안 살림에도 도움을 주었다.

처음 3교대로 일할 때는 아침 일찍 출근하고 새벽에 퇴근하는 생활이 힘들었다. 나중에는 외래에서 근무하게 되어 오후 5시면 퇴근할 수 있었다. 병원 길 건너에 있는 마로니에 공원 근처로 놀러 다니고 대학로에서 맛있는 음식을 사먹는, 여느 청춘과 다를 바 없는 삶을 실컷 누렸다.

직장 생활이 지겨워질 무렵 시립 보라매병원으로 파견 가게 되었다. 중환자실에서 근무했는데 일이 많아 너무도 힘들었다. 쉬고 싶었다. 10년 가까이 일했으니 할 만큼 한 것 같았고 꾀도 났다. 그래서 사표를 냈다. 그 후 집에서 쉬는 동안 남편을 만나게 되었다.

서둘러 치러진 전사자들의 장례

길고 긴 하루였다. 매스컴에서는 서해에서 교전이 일어났다는 사실과 나라를 지키려 싸우다 몇 명의 젊은이들이 죽거나 다쳤다는 뉴스를 보도했다. 그러나 대부분의 사람은 그 뉴스보다 월드컵 결승전에 더 관심을 쏟는 것 같았다.

군 통수권자인 김대중 대통령이 '강경한 대북 비난 성명'을 내고 '확전 방지'와 '냉정한 대응'을 지시했다고 한다. 그런데 대통령과 정부는 우리 유가족에게도 '냉정'하게 대했다. 대통령은 국군수도병원에 마련된 전사자 빈소에 비서실장을 보냈을 뿐 조문은 오지 않았다. 심지어 교전 다음 날인 6월 30일 일본으로 출국해 일왕과 함께 한일 월드컵 결승전을 관람한 뒤 이틀 더 머물다 7월 2일에 돌아왔다. 일부 언론에서는 월드컵 결승전과 폐막식 참석이 성공적인 월드컵 공동 개최를 대내외적으로 과시하기 위한 것이라며 '월드컵 정상 외교'[2]라는 표현도 썼다. 물론 그 말도 이해는 간다. 그러나 일왕과 나란히 앉은 김대중 대통령과 영부인의 사진에서는 비통함이나 떠나온 나라를 걱정하는 빛은 전혀 보이지 않았다. 조의를 표하는 검은 넥타이 대신 붉은 넥타이를 매고 있었으며 그들은 아무 일도 없었다는 듯 평화롭고 행복해 보였다. 일본에서 돌아온 후에도 왜 조문을 오지 않았을까?

2002년 7월 1일 성남 국군수도병원에서 먼저 시신을 수습한 네 명의 전사자에 대한 영결식이 해군장으로 치러졌다. 윤영하 소령, 조천형 중사, 황도현 중사, 서후원 중사. 남편과 죽음의 순간을 같이했던 전우들이었다.

원래 해군장은 5일장이다. 제대로 장례를 치렀다면 대통령이 참석할 수도 있었다. 그런데 해군에서는 서둘러 3일장을 치르도록 종용했다. 장례 절차에 대한 협의를 할 겨를도 없었다. 당시 유족 대표였던 고 윤영하 소령의 아버지는 해군 장교 출신이었다. 아들의 사고 소식을 듣고 성남 국군수도병원으로 달려갔을 때 현장에 있던 해군 관계자는 그에게 "5일장에 을지무공훈장 수여로 예우가 결정됐다"라고 말했다. 하지만 그날 저녁 해군은 유가족들에게 "3일장은 어떠냐"라고 의견을 냈고 이는 그대로 반영됐다. 훈장도 을지무공훈장에서 한 단계 낮추어진 충무무공훈장이 수여됐다. 윤 소령 아버지가 해군 후배에게 왜 훈장 등급이 깎였느냐고 물어보니 '미안하다'라고만 했다고 한다.[3] 그나마 충무무공훈장은 고 윤영하 소령과 고 박동혁 병장에게만 주어졌다. 다른 네 명은 그보다 한 단계 더 낮은 화랑무공훈장을 받았다.

이 장례식에는 장례위원장인 장정길 해군참모총장이 최고위 인사로 참석했을 뿐이었다. 대통령은 물론 이한동 총리와 김동신 국방장관, 이남신 합참의장도 참석하지 않았다. 군 수뇌부가 의전상의 이유를 들어 불참한 데 대해 각계 비난이 쏟아졌다. 이에 대해 국방부는 "군 장례식은 장례위원장 이하만 참석하는 것이 관례"라고 했고, 총리실에서는 "참석 요청이 없었을 뿐만 아니라 의전을 고려해 불참했다"라고 해명했다. 관례는 관례일 뿐 추모의 마음이 있었다면 정부의 고위 관리, 군 고위 간부 누군들 참석 못할 일은 아니었다. 실제 1996년 강릉에 침투한 무장 공비와 싸우다 목숨을 잃은 군인들의 장례식은 제1야전군사령부장으로 치러졌지만 이수성 국무총리, 김영구 국회국방위원장, 이양호 국방부 장관, 윤용남 육군참모총장 등이 참석했다.[4] 해군에서는 "3일장은 유가족과 협의 아래 정해진 것이며 군 통례상 장례위원장 이상의 고위급은 참석하지 않아 왔지만 군이 참석하지 말라는 법은 없다"라고 설명하기도 했다. 국군수도병원은 민간인이 자유롭게 드나들 수 있는 곳이 아니었다. 그래서 민간인들은 그 장례식에 조문할 수 없었다.

실종자로 남은 41일

동료들의 장례식은 끝났지만 내 남편은 여전히 실종 상태였다. 어떻게 남편만 실종자로 남았을까? 실종 상태라면 살았는지 죽었는지 알 수 없는 상태인데 그럼 남편이 살아 있을 가능성도 있다는 말인가? 배 안에, 바다 어딘가에 조난 상태로 살아 있을 수도 있다는 말인가? 그러나 아무리 여름이었지만 그런 희망을 품기에 서해의 바다는 너무도 차가웠다. 그리고 41일. 남편의 생존을 기대하기에는 너무도 긴 시간이었다.

그렇다면 어찌된 일일까? 조타장인 남편은 분명히 조타실 안에 있었을 것이다. 장병들끼리 서로 교신을 했을 것이기에 최소한 그 상황에서 남편이 조타실을 지켰는지 아닌지는 알 수 있었을 것이다. 그 긴박한 순간 남편이 있을 곳이 조타실 말고 또 어디란 말인가? 그리고 남편이 세상을 떠났다면 그 시신은 조타실 안에 있을 것이다. 그런데 왜 찾아오지 못한다는 말인가? 왜 건져오지 못한다는 말인가? 이미 세상을 떠났다는 것도 알고 시신이 어디 있는지도 아는데 어떻게 그게 실종이란 말인가? 이 여러 가지 의문에 대해 그 누구도 속 시원히 대답해주지 않았다.

몇 날 며칠을 울고 눈물샘마저 마를 만큼 울고 난 후에야 정신이 들었다.

'남편의 시신을 빨리 건져야 한다. 오랜 시간 물속에 시신을 그대로 두었다가는 나중에는 형체도 알아볼 수 없을 만큼 훼손이 될 것이다. 무엇보다 저 사람들을 믿고 언젠가는 건져주겠거니 기다릴 수가 없다. 저들은 하루 이틀 마루다가 나중엔 포기하고 손을 떼버릴 수도 있다. 내 남편을 찾기 위해 내가 나서야 한다.'

이렇게 생각했을 무렵부터 청와대와 해군본부, 해군 제2함대에 전화하는 것이 나의 일과가 되었다. 시신을 하루빨리 찾아달라고 부탁하고 조르고 통사정을 했다. 남편은 분명히 가라앉는 배와 끝까지 함께했을 텐데, 그래서 그 안에 있을 텐데 해군과 정부는 수색 인력을 보강할 기색이 없었다. 전화를 해도 대답이나 설명을 해주는 사람이 없었다. 그래도 포기할 수는 없었다. 정말 기적적으로 남편이 바다 어딘가에 살아 있다면 빨리 구조해야 할 것 아닌가? 잠도 이룰 수가 없었다. 그야말로 미칠 것 같았다. 거의 매일 제2함대로 찾아가 "내 남편 찾아달라"라고 울며 애원했다.

나중에 내가 공무원이 되어보니 민원인의 생각처럼 재빨리 움직일 수 없는 일이 많았다. 하지만 그때는 그 어떤 것도 이해할 수 없었다. 아니, 내가 아닌 그 누구라도 그랬을 것이다. 남편의 시신이 어디 있는지 뻔히 아는데 건져주지 않고 늑장을 부리는 해군을 어떻게 이해할 수 있었겠는가? 어떻게 남편을 바다 속에 둔 채로 먹고 자고 편히 살 수 있었겠는가?

해군이 정말 가족일까?

시부모님께서 고향집으로 내려가신 지 얼마 지나지 않아 해군본부에서 사람이 찾아왔다. 보상금을 수령하라는 공문을 내밀었다. 나는 그 공문을 받을 수 없었다. 내 남편은 실종 상태인데 사망 보상금을 준다는 것은 납득할 수 없는 처사였다. 더 수색도 않고 아예 사망을 단정했다는 얘기 아닌가?

"사람을 못 찾았는데 무슨 보상금 얘기를 하나요? 시신이라도 찾기 전에는 이런 얘기 못합니다. 정 돈을 주고 싶으면 보령에 계시는 시부모님을 찾아가세요. 나는 절대 못합니다."

그 공문은 내 말대로 시골집에 전달되었다. 시부모님께서 보상금을 수령하셨다고 연락이 왔다. 해군에서는 다른 네 명의 장례가 끝났으니 빨리 일을 마무리하고 싶었던 것이다. 시부모님도 무슨 정신이 있었겠는가? 나라에서 받으라니 그저 얼결에 받으신 것이다.

아직 남편의 시신을 찾지 못하던 어느 날 이런 일도 있었다. 답답한 마음에 바람이라도 쐬려고 오랜만에 집을 나섰다. 멀리 갈 기력도 없이 집 앞에 놓인 평상에 앉았다. 얼마나 앉아 있었을까. 망연자실 허공만 바라보던 내게 어떤 아주머니가 말을 걸었다. 평택함대 근처라 그 동네에는 해군 가족이 많이 살고 있었다. 그 아주머니도 해군 가족인 듯했다. 나는 처음 보는 얼굴이었는데 그 아주머니는 내가 서해교전 희생자 가족인 것을 알고 있는 듯했다.

"뭐예요? 당신네 성금 준다고 이번 달 우리 월급에서 5%나 떼어 갔잖아요. 왜 내 남편 월급에서 돈을 떼야 하나요? 가뜩이나 쥐꼬리만한 월급인데."

그 아주머니 남편의 월급은 얼마고 그의 5%는 얼마나 되었을까? 해군은 워낙 박봉이라 아무리 많아도 10만 원 이상은 아니었을 것이다. 물론 2002년 당시 10만 원이 적은 돈은 아니었다. 하지만 아직 시신도 못 찾고 망연자실 앉아 있는 유가족에게 그런 말을 할 정도의 돈이었을까? 생각해보면 그 아주머니의 남편도 내 남편처럼 될 수 있었다. 언제라도 자기도 나와 같은 형편이 될 수 있는데 어떻게 그렇게 막말을 할 수 있었을까? 물론 자기들끼리 뒤에서 우리를 원망할 수는 있다. 하지만 어떻게 면전에 대놓고 그런 말을 할 수 있었을까? 아무리 무지해도 어찌 그럴 수 있었을까?

그때는 너무 황당해서 한 마디 대꾸도 못하고 집으로 피해 들어갔다. 생각할수록, 시간이 지날수록 분하고 억울했다. 내가 언제 성금 걷어 달라고 했느냐고 대꾸도 못 한 게 화가 났다. 지금도 그 아주머니를 이해할 수 없다. 하지만 가능하다면 그녀를 다시 만나고 싶다. 그래서 그때 공제한 돈이 얼마인지 물어 다시 돌려주고 싶다. 이자로 밥 한 끼 대접할 용의도 있다. 그 아주머니는 자신이 실수했다는 생각을 한 적이 있을까? 한동안 그 아주머니의 얼굴이 악몽처럼 기억에 남아 있었는데 지금은 그나마 잊혀 기억이 나지 않는다. 내 평생 용서는 할 수 없을 것 같다. 하지만 차츰 머릿속에서 지워지고 있다. 세월과 망각은 마음의 평화를 돕는 가장 큰 요소인 듯하다.

그 일이 있은 후 나는 달팽이처럼 다시 집안으로 숨어들었다. 사람이 무서웠다. 해군 동료니 조국이니 다 필요 없었다. "해군은 가족입니다"라는 슬로건이 새삼 가증스럽게 여겨졌다. 어떻게 해야 할지 머릿속이 하얘지는 나 자신을 다시 한번 다독였다.

'하루 빨리 남편이 돌아오기만 기도하자. 다른 일은 그 후에 생

각하자.'

참을 수 없는 피곤이 몰려들었다.

"시신 찾다 전쟁 나면 당신이 책임질 거요?"

다른 네 명의 장례식이 끝나고 며칠이 지난 후부터는 그나마 찾아
오던 사람들의 발길도 뚝 끊겼다. 아직 남편 시신을 못 찾은 나와
우리 가족이 발버둥을 치든 말든 신경 써주는 사람은 아무도 없었
다. 나도 시부모님이 계시는 보령 집으로 내려갔다. 남편이 없으니
평택에 있을 이유가 없었다.

보령에 내려가서도 청와대에, 해군본부에, 제2함대에 전화하는
일은 계속되었다. 그런데 그들은 서로 대답을 미뤘다. 청와대에 걸
면 해군본부에 알아보라고 하고 해군본부에 걸면 제2함대에 알아
보라고 했다. 쳇바퀴에서 벗어나지 못하고 매일 어지럽게 돌고 있
는 것만 같았다. 답답했다. 왜 못 찾는지, 뭐가 문제인지, 정확히
알려달라고 간청했다.

그런데 왜 시신 인양이 늦어지는지 그 이유를 눈치 채게 해준 사
람이 있었다. 그날도 나는 어디든 내가 접촉할 수 있는 모든 곳에
전화를 걸고 있었다. 그러다가 청와대에서 일하는 어떤 불친절하
고 퉁명스러운 직원과 통화를 하게 되었다.

"당신 남편 찾으러 함정을 대거 투입했다가 북한을 자극하기라

도 하면, 그러다 전쟁이라도 나면 당신이 책임질 거요?"

벌컥 화를 내는 그 덕분에 나는 비로소 이유를 알게 되었다.

'아, 그랬구나. 그래서 시신이 어디 있는지 알면서도 손을 놓고 있었던 것이구나.'

하지만 침몰 지점은 NLL 이남이었다. 말하자면 우리 영해였는데 그들은 북한 눈치를 보느라 NLL 가까이 가지도 못하고 있었던 것이다. 너무 화가 났다. 정말 그 직원의 오만한 태도에 살의가 느껴졌다. 소속과 이름을 물었지만 그는 알려주지 않았다. 바빠서 그런 전화 받을 시간 없으니 빨리 끊으라며 일방적으로 전화를 끊어버렸다. 궁금해 하시는 시부모님을 뒤로 하고 집 밖으로 나갔다. 무창포 바닷가에서 한참을 울며 분을 삭여야 했다. 한참 만에 집에 들어가니 시아버지께서 물으셨다.

"청와대에서 뭐라고 하든?"

시부모님께는 청와대에서 또 해군본부로 미뤘다고 둘러댈 수밖에 없었다. 시부모님은 위로했지만 나는 맥이 다 풀려버렸다.

'남편이 이런 사람들을 지키려다 그렇게 허무하게 갔는가?'

더 이상 삶의 끈을 붙들고 있을 힘도 잃어버렸다. 악도 받쳤다. 저들 보란 듯이 죽어버리고 싶었다. 몇 번이나 자살을 생각했다. 하지만 고통을 견디는 것만큼이나 죽는 것도 쉽지 않았다.

당시 내가 겪었던 그 고통들을 돌이켜보면, 그런 큰 사건이 발생했을 때 유가족과 생존자가 받은 충격과 슬픔을 각자 알아서 해결하도록 두어서는 안 된다는 생각이 든다. 나라를 위해 싸우다 전사한 사람들의 유가족이나 생존자들을 위해서 그들이 겪은 충격을 극복하도록 국가나 사회가 적극적으로 도와야 한다. 그래서 심리 치료 등 방안을 마련해야 한다. 물론 2002년 당시에는 그런 시스템이 전혀 없었다. 2010년 천안함 사건이 일어났을 때 비로소 세상은 유가족이 겪을 '외상 후 스트레스'에 관심을 갖기 시작했다.[5]

그 후 사정만이라도 알려주면 더 이상은 전화하지 않겠다고 하자 해군본부의 이창묵 대령(이후 예편)이 집으로 찾아왔다. 우리에게 해주는 브리핑의 내용은 이런 것들이었다. 서해는 개펄이 많아서 바닷속 가시거리가 1cm도 안 된다, 태풍이 와서 잠수부가 물에 들어갈 수 없다는 등의 이야기였다. 이미 다 알고 다 이해할 수 있는 얘기였다. 하지만 그런 상황이 41일이나 계속되지는 않았을 것 아닌가?

참수리호가 침몰한 지점은 분명 우리 바다였다. 그들은 실종이라고 변명했지만 따지고 보면 전우를 그냥 두고 온 것이다. 41일 동안이나 남편의 시신을 차가운 바닷속에 방치한 당시 정부의 태도는 지금도 이해할 수 없다. 영해를 지키려다 죽은 병사의 시신을 자기 바다에서 41일 동안이나 건져 올리지 않는 나라가 세상 어디에 또 있을까?

남편의 시신을 찾기까지 나는 생지옥에 있는 듯했다. 기다리라고 할 뿐 누구 하나 속 시원하게 제대로 말해주는 사람도 없었다. 그러나 그런 점에 대해 정부의 사과는 한 마디도 듣지 못했다.

시신 인양과 장례식

2002년 8월 10일 오전 해군 관계자로부터 전화가 왔다. 시신을 인양했으니 와서 확인하라는 전화였다. 하루빨리 시신을 건져내기 바랐지만 한편으로는 그런 날이 오지 않기를 바라기도 했다. 기적적으로 목숨을 건진 남편이 어딘가에 표류하여 살아 있다가 내 앞에 멀쩡히 나타날 것이라는 아주 가는, 실낱같은 희망에 기대고 있었기 때문이다. 그런데 그날은 그 희미한 희망마저도 사라져버린 날이었다.

그러나 지체할 수 없었다. 시부모님과 시누이를 내 차에 태우고 해군에서 알려준 대로 경기도 성남시로 달렸다. 무창포를 떠나 한참을 달리던 중 자동차 속도 계기판을 보니 시속 200km를 가리키고 있었다. 사고가 날지 모른다는 두려움보다 1초라도 빨리 가야 한다는 생각이 더 컸다. 마치 조금이라도 늦으면 남편을 다시는 못 만날 것 같은 초조함에 속도를 늦출 수 없었다.

분당 국군수도병원에 도착한 후 시아버지는 해군이 제공한 헬리콥터를 타고 연평도로 가셨다. 시신을 확인하고 운구해오기 위해서 가족 대표로 가신 것이다. 그동안 우리는 병원 장례식장에 빈소를 차렸다. 전화를 받고 정신없이 달려온 탓에 검은 옷을 입고 오지 못해 화장실에서 황급히 옷을 갈아입었다. 빈소에 돌아와 보니 시어머니께서 자리를 비우고 어딜 갔었냐고 호통을 치셨다. 시어머니께는 화풀이할 사람과 의지할 사람이 동시에 필요했던 것이다.

조금 있다가 한상국 하사의 시신이 국군수도병원에 도착했다. 해군 해난구조대SSU 요원들이 수중 작전으로 침몰 고속정에서 남편의 시신을 찾아온 것이다. 41일 동안이나 바닷속에 있었으니 살은 물고기와 꽃게의 먹이가 되고 뼈만 앙상하게 남았을 것이라 생각했다. 남편의 유골과 마주하기 위해 마음을 다잡고 또 다잡았다. 그런데 남편의 시신은 살아 있을 때 모습 그대로였다. 옷도 살도 그대로였고 얼굴은 그을린 데 하나 없이 깨끗했다. 그런데 해군은 조타실에 불이 나 남편의 시신에 접근할 수가 없었다고 했다. 해군의 거짓말이 드러났지만 그것을 탓할 겨를이 없었다. 개펄에 있었기에 냄새는 지독했지만 손발톱도 그대로였다. 부득이 부모 앞에 먼저 가는 불효를 저질렀지만 생시에 효자였던 남편은 그나마 부모님께 험한 꼴은 덜 보인 셈이다.

다만 부상당한 탓에 머리만 조금 부어 있었고 옆구리에는 주먹만 한 구멍이 뚫려 있었다. 옆구리로부터 심장 쪽으로 85mm 철갑탄이 관통했다고 했다. 다른 상처도 많았지만 그것이 치명적이었고 아마 그 관통상으로 남편은 즉사했을 것이라 했다. 고통과 공포가 길지 않았을 것이니 그나마 다행이라는 생각이 들었다.

조타장이었던 남편은 남쪽으로 향한 방향타를 죽어서도 끝내 놓지 않았다고 했다. 그가 책임감이 강하다는 것은 이미 오래 전부터 알고 있던 바였다. 그 책임감은 죽어서도 변함이 없었다.

"상국아, 이제 되었다. 이제 집으로 가야지. 부모님과 제수씨가 기다리고 있잖아."

영화 〈연평해전〉의 대사처럼 인양하러 바다에 들어간 동료들이 이렇게 말했다 한다. 그러자 방향타 위에 엎어져 키를 잡고 있던 남편의 손이 스르르 풀렸다고 한다. 실제 삶은 영화보다 더 극적이다. 영화는 그 극적인 스토리의 일부만으로 만들어진 것이다. '영화 같은 상황'을 남편의 동료들이 내게 전해줬다. 남편이라고 왜 빨리 가족의 품으로 돌아오고 싶지 않았을까. 확실히 가족에게 돌아갈 수 있기 전까지 그는 방향타를 놓을 수 없었던 것이다.

또 한 번의 장례가 시작되었다. 먼저 세상을 떠난 네 명의 장례는 이미 치렀고 이후 끝내 사망한 한 명은 당시에는 병원에 입원 중이었다. 그래서 남편 혼자 장례를 치르게 되었고 계급은 중사로 추서되었다. 남편은 7월 1일 중사로 진급할 예정이었다. 그러니 실종자로 남아 있던 그 날짜에 이미 중사로 진급하고 전사가 확인된 후에는 상사가 되었어야 했다. 그런데 국방부는 그런 상식적인 계산에 어두웠다.

장례식 추도사에서 해군 참모총장은 "파편이 옆 가슴을 관통해도 고인은 키를 놓치지 않고 끝까지 자리를 지켰습니다"라고 밝혔다. 남편이 죽은 후에도 참수리 357호의 조타장으로서 임무를 수행하였다는 것을 인정한 것이다. 또 우리나라의 현행법상 실종 후 사망 인정은 일정 기간이 경과해야 가능한 것으로 되어 있다. 그러나 국방부에서는 6월 29일 교전 후 시신을 확인하지도 못한 상태에서 사망으로 바로 처리하여 중사 임명장을 발급하지 않았다. 그리고 하사인 상태에서 중사를 추서하였다. 법률상 불가하다는 것이 이유였다.

　다른 네 명의 장례 때는 고위 관리 등 정부 측 조문객이 별로 없었고 많은 사람이 정부의 그런 처사를 비난했었다. 그래서인지 남편의 장례식 때는 그때에 비해 많은 조문객이 찾아왔다. 장대환 국무총리서리도 참석했다. 그러나 민간인 조문은 여전히 금지되었다.

　조문객 중 가장 기억에 남는 사람은 전두환 전 대통령이었다. 그분은 먼저 있었던 네 명의 장례식에도 참석하셨다고 했다. 연세가 많았지만 여전히 꼿꼿했고 당당해 보였다. 장례식 때는 전두환 전 대통령이 가장 앞에 앉았고 그 뒤로 역대 해군 참모총장들이 앉았다. 주한 미군 연합 사령관인 러포트Leon J. LaPorte 장군도 기억에 남는 조문객이었다. 전 전 대통령과 러포트 장군은 다른 기관장들에 앞서 가장 먼저 와주셨고 누구보다 신심 어린 위로와 조의를 전해주셨기 때문이다.

박동혁 병장도 저 세상으로 떠나고

9월 20일, 추석 하루 전날이었다. 84일 동안 병원에서 투병하던 박동혁 병장이 세상을 떠났다. 대학교에 다니던 그는 동생도 대학교에 입학하자 부모님의 부담을 덜어 드리려 해군 456기로 입대하였다. 해군 의무병에 지원했을 때 그의 어머니가 배 타는 것에 대해 걱정했다고 한다. 그는 "엄마, 의무병은 배 안 타요"라고 안심을 시키던 효자 아들이었다.

국제법상으로 의무병은 공격 대상에서 제외된다. 하지만 실제 전장에서 의무병은 전우를 돕기 위해 몸을 노출하기 때문에 오히려 총탄 피해를 입을 가능성이 높다. 부상당한 전우들을 보살피던 고 박동혁 병장도 총탄을 피할 수 없었다. 당시 그는 온몸에 파편 100여 개가 박히는 부상을 당했다. 하지만 전투가 끝날 때까지 자신의 의무를 다했다.

영화 〈연평해전〉에서처럼 그의 온몸은 누더기처럼 찢겼다. 추석 다음날 화장을 했다. 고인의 몸에서 나온 쇠붙이들이 작은 상자에 담겨 유골 상자와 함께 전해졌다고 한다. 3kg. 엄청난 양의 파편과 총알이 그의 몸을 꿰뚫고 들어가 목숨을 갉아먹고 있었던 것이다.

박동혁 병장의 장례식은 성남 국군수도병원에서 조용히 치러졌다. 김석수 국무총리서리가 참석했다. 하지만 사건이 일어난 지 3개월이나 지난 후에 세 번째로 치러진 장례식이어서인지 사람들은 더 이상 서해교전과 전사자들에 대해 관심을 돌리지 않았다.

"한나가 하는 대로 내버려 두세요"

커플링으로 만든 결혼 반지는 그와 함께 현충원에 묻었다. 죽음이 우리를 갈라놓을 때까지 함께 하기로 맹세했었다. 하지만 죽음 후에도 우리는 쉽게 갈라설 수 없었다. 장례가 끝나고 나니 대한민국에서 사는 것이 더욱 끔찍하게 여겨졌다. 나는 사건이 일어나기 전에도 시부모님께 잘 하려고 무진 애를 썼었다. 시골에 내려가면 시아버지 손발톱도 다 깎아드리고 동네에 나가 자랑하실 수 있는 며느리가 되려고 많이 노력했다. 그런데 시골집 좁은 동네에서는 사람 잘못 들여 아들 잡았다는 말이 들려왔다. 그 말에 마음 쓰시는 시어머니를 만류한 것은 시누이였다.

"엄마, 모두 오빠의 운명이지 올케언니하고 무슨 상관이 있다고 그러세요. 그런 말은 귀에 담지도 마세요."

생떼 같은 남편을 잃은 것도 분하고 억울했고 41일이나 마음 졸이며 기다렸던 것도 억울했다. 내 남편은 나라를 지키기 위해 목숨을 바쳤는데 그 아내인 나는 왜 푸대접을 받고 욕을 먹으며 죄인 취급을 낭해야 하는 걸까? 아무리 이해하려 해도 도저히 이해할 수 없는 일이 계속되었다.

시아버지는 보상금과 보험금 중 1/3을 내게 주셨다. 시아버지, 시어머니 그리고 내 몫으로 나눈 것이라 했다. 시부모님은 아들이 없어지니 며느리는 남이라고 생각하시는 것 같았다. 이제껏 딸과 같다고 살갑게 해주시던 분들이 니를 떠날 사람 취급하시니 더욱 섭섭했다. 남편이 없으니 어딜 가나 천대를 받는다는 생각에 서럽기도 했다.

장례를 치르기 전까지도 여러 가지 골치 아픈 일로 진저리가 쳐질 지경이었다. 남편의 죽음 외에도 수많은 일이 내게 상처를 입혔다. 젊은 나이에 졸지에 남편을 잃었으면 위로를 받아도 부족할 것 같은데 사람들은 전사자들과 유가족에게 욕을 퍼부었다. 서해 교전은 배가 침몰했다는 이유로 패한 전투가 되어버렸다. 전투에서 진 주제에 무슨 낯으로 나서느냐는 조롱 섞인 비난도 많았다. 억울하고 화가 났다. 하지만 그래도 남편을 찾을 때까지는 대한민국을 떠날 수 없었다. 어쨌든 장례를 치를 때까지는 기다릴 수밖에 없었다.

장례를 치르고 보상금 문제까지 마무리 지은 후, 언니가 사는 캐나다로 가겠다고 시아버지께 말씀드렸다.

"그래, 가라. 네가 하고 싶은 대로 해라."

시아버지께서 그렇게 쉽게 허락하신 데는 이유가 있었다. 그로부터 얼마 전 시어머니께서 남편 꿈을 꾸셨다고 했다. 꿈속에서 만난 아들은 성경책을 가슴에 안고 이렇게 말했다고 한다.

"어머니 저를 절에 맡기지 말아 주세요. 그리고 한나가 하는 대로 그냥 놔두세요. 그 아이가 알아서 할 거예요. 한나한테 아무 소리도 하지 마세요."

시어머니는 꿈속에서 만난 아들 말을 철석같이 믿으셨다.

"상국이가 이렇게까지 얘기했으니 네 일은 네가 알아서 해라."

"네, 제가 알아서 할게요. 그런데 정말 신기하네요. 그런 말을 다 했어요?"

"그래, 나도 신기하구나."

이후로 시부모님께서는 내가 하는 일에 대해 정말 별말씀이 없었다. 남편이 시어머니 꿈에 나타나 나에 대해 그렇게 말해주었다는 것이 지금 생각해도 정말 신기하고 고맙다. 비록 남편은 나를 버리고 저세상으로 먼저 갔지만 내 성격을 잘 알아서 어머니 꿈에 현몽한 걸까 하는 생각이 들었다.

그때는 다른 생각은 아무것도 없었다. 오로지 왜 나에게 이런 일이 생겼을까 하는 데만 골몰해 있었다. '내게는 좋은 일이 하나도 생기지 않는다, 내 인생은 왜 이 모양일까?' 이런 생각만 하던 나에 대해 남편은 내가 무슨 일을 할 것이니 하는 대로 놔두라고 했다. 남편은 그때 이미 내가 이후에 벌일 일들을 알고 있었던 모양이다.

캐나다에서 발견한 추모 카페

추석을 지내고 캐나다로 떠났다. 토론토에 있는 언니 집에 도착한
나는 2주 동안 계속 잤다. 하루 두 끼 겨우 일어나 밥만 먹고 다시
침대에 기어들었다. 언니가 왜 그러냐고, 어디 아프면 말을 하라고
성화를 댔다. 그런데 형부는 나를 이해해주는 것 같았다.

"그대로 자게 둬요. 처제가 그동안 너무도 큰일을 겪어서 아마
피로가 쌓였을 테니 푹 자게 내버려 둬요."

2주 후 간신히 침대를 벗어나 밖으로 나다니기 시작했다. 남의
나라인 캐나다는 내게 우울함만 더해줬다. 때는 마침 가을이었다.
캐나다는 가을에 이미 추위가 시작되었다. 계절은 나를 더욱 춥고

음울하게 만들었다. 마음은 스산해지고 시차는 물론 그 나라도, 계절도 적응이 되지 않았다.

'나는 여기 왜 와 있는 걸까?'

그러나 내게는 돌아갈 곳도 없었다. 당시 대한민국은 내게 돌아갈 조국이 아니었다. 전투 중 남편이 죽었고, 그 일로 내게 상처만 잔뜩 안겨준 지옥이었다. 언니의 권유로 랭귀지 스쿨에 다니며 영어 공부도 해봤다. 아무 재미가 없었다. 랭귀지 스쿨에 3개월 동안 다녔다. 학원은 버스 타고 30분 거리에 있었다. 학원에 오가는 동안 주변에 펼쳐지는 풍경은 내 눈에 하나도 들어오지 않았다.

사라라는 이름의 중국인 원장은 무표정하게 다니는 나에게 매일 대화를 시도했다.

"오늘 기분이 어떠세요?"

나는 늘 괜찮다고 대답했다. 그러다 어느 날 남편에 대한 이야기를 했다. 그녀는 깜짝 놀라며 이후 더 특별히 챙겨주었다. 하지만 그것도 부담스러웠다.

단지 '이곳이 대한민국보다 나으니까 내가 여기 왔겠지'라는 생각으로 스스로에게 최면을 걸었다. 무능한 나 자신을 욕하거나 멍한 상태로 시간을 보냈다. 날씨도 춥고 눈도 무척 많이 왔다. 어떤 때는 내 키를 넘어설 정도로 눈이 쌓였다. 밖에 나갈 엄두도 안 났고 나가고 싶지도 않았다. 겨울이 아니었으면 조금 더 쉽게 적응할 수 있었을까? 점점 생각은 없어지고 삶의 의욕도 떨어졌다. 나는 삶에 대한 아무런 의미를 찾지 못하며 하루가 다르게 좀비가 되어

가고 있었다.

랭귀지 스쿨에서 집으로 돌아오면 하릴없이 인터넷만 뒤졌다. 그날도 서해교전에 대해 검색하고 있었다. 인터넷 상에서는 서해교전의 원인에 대해 설왕설래되고 있었다. 우리 측 어부가 NLL 이북으로 잘못 들어가서 그런 일이 일어났다는 둥 별별 얘기가 다 나오고 있었다. 햇볕정책이 한창 활발하게 펼쳐지고 있을 때였으니 그에 반하는 일은 모두 덮어야 하는 상황이었다. 유언비어와 음모론도 많았다. 그래서 대체 사람들이 뭐라고들 떠드나 궁금해 가끔 검색을 하곤 했다.

서해교전을 폄하하는 사람들의 주장은 대개 NLL의 효력을 인정하지 않는 것부터 시작되었다. 대략 "NLL은 유엔 사령부가 1953년 8월 남한 해군의 북진을 내부적으로 규제할 필요성에서 일방적으로 그은 것이고 당시 유엔군 총사령관 클라크는 북측에 이를 정식으로 통고하지 않았다, 그래서 NLL은 정전협정상 아무런 근거가 없다, NLL은 남북 기본합의서에서도 합의되지 않았다, 유엔군 사령부조차도 북한의 NLL 월선을 영해 침범이라 하지 않았다, 서해에서 다시 충돌이 일어나고 우리 해군이 성능이 월등한 무기로 선제공격을 가한다면 북한을 자극하여 한반도에 위기가 닥칠 수도 있다"라는 주장들이었다.

사람들은, 내 남편이 목숨 바쳐 NLL을 지킨 사실을 애당초 의미가 없었던 일로 만들고 있었다. 어떤 사람은, 군 당국이 의도적으로 연평도 어민들에게 조업 경계선을 벗어난 조업을 허락해줬고 어민들은 자원이 풍부한 북한의 어장으로 위험을 무릅쓰고 넘어갔으며 북한군에 발각되자 우리 해군이 가서 데려오면서 북한군의 감정을 건드렸다고 했다. 그러면서 김대중 정부가 그 사실을 은폐하려 한다고 비난했다. 또 어떤 사람은 북한 함정을 선제공격을 할 수 없었던 교전 수칙 때문에 피해를 키웠다며 정부를 공격했다. 어떤 사람은 우리 어선의 잘못인데 당시 야당이던 한나라당과 보수 언론이 북한 잘못으로 '여론 몰이'하여 햇볕정책에 찬물을 끼얹으려 한다고도 했다. 어떤 주장이든 서해교전이 '패전'이라는 전제를 내세우고 있었다. 이런 기사들에서 '해군의 최대 작전 실패', '대패大敗' '패전' 등의 용어들만 골라낸 사람들은 이를 각색하고 확대하여 서해교전과 희생당한 용사들을 질책하고 조롱했다. 자칭 연평도 어부, 참수리호 근무 경력자 등의 증언 아닌 증언도 이어졌다. 전쟁에 지고 왔는데 그 유가족은 무슨 낯짝으로 나와서 울고불고 하느냐는 사람도 있었다.

그런데 그런 글들 속에서 나는 깜짝 놀랄 만한 카페를 발견했다. 바로 포털 사이트 다음에 만들어진 '서해교전 전사자 추모본부'라는 카페였다. 그 카페에서 활동하는 회원은 내가 이전에 한 번도 만나본 적도, 이름을 들어본 적도 없는 사람들이었다. 그 카페에는 '추모한다', '전사자들을 기린다', '너무 안타까운 일이다', '우리 애들을 이렇게 보낼 수는 없다'라는 등의 글이 실려 있었다.

망치로 얻어맞은 듯 갑자기 정신이 번쩍 들었다.

'생면부지의 남들도 내 남편을 기억하고 기리고 있는데 가장 가까운 가족인 나는 무엇을 하고 있는 걸까? 내가 지금 이러고 있을 때가 아니구나. 한상국 중사는 내 남편이기 전에 대한민국을 위해 전사한 군인이다. 나라를 위해 가신 분들에 대해 소홀히 대하는 것은 옳지 않은 처사이다. 그분들을 위해 나도 무슨 일이든 해야 한다.'

나는 이내 귀국을 위해 짐을 싸기 시작했다.

추모본부 '대행 대표'로 활동

추모 카페 덕분에 정신을 차린 나는 2002년 12월 한국으로 돌아왔다. 하지만 여전히 내가 무슨 일을 해야 할지 구체적으로 알지 못한 상태였다. 그래서 시부모님께 귀국 인사를 드리자마자 추모본부 카페 운영진들과 만났다. 나는 그들을 형님이라 불렀다. 그 형님들 덕분에 나는 정말 많은 것을 새롭게 알게 되었다. 그중 권준혁 형님은 내게 소중한 멘토가 되었다.

당시 자영업에 종사하던 권준혁 형님과는 거의 매일 만나다시피 했다. 그는 나라 돌아가는 상황, 정치권 이야기, 경제 등 여러 가지 이야기를 내게 해주었다. 그의 이야기를 들으며 나는 눈이 번쩍 뜨이는 것 같았다. 왜 그때까지 남편과 다른 전사자들이 푸

대접을 당하고 외면당했는지, 그 전까지는 납득할 수 없었던 일들이 왜 일어났는지, 마치 실타래가 풀리듯, 퍼즐이 맞춰지듯 이해되기 시작했다.

세상 돌아가는 것에 대해 일종의 수업을 받은 나는 추모본부의 '대행 대표'라는 직함을 갖게 되었다. '대행'이라는 말을 붙여야 했던 이유는 나만 유가족이 아니었기 때문이다. 나는 유가족들을 대신하여 추모본부 대표의 일을 한다는 개념으로 '대행'이라는 말을 붙였다. 그런데 그보다 더 큰 이유는 내가 여자라는 것 때문이었다.

"여자 목소리가 담장을 넘으면 안 된다."

"암탉이 울면 집안이 망한다."

이런 얼토당토않은 얘기들이 여전히 이 사회에 남아 내 발목을 잡을 것이라고는 상상도 못했다. 그래도 '대행'이라는 말까지 붙여가면서 내가 이 일을 했던 것은 그것이 남에게만 맡겨놓고 나는 편히 앉아 구경만 할 일이 아니라는 생각에서였다. 대행 대표 직함(?)은 내가 다시 미국으로 떠나기 전까지 유지되었다. 그동안 나는 'sunup'이라는 닉네임으로 누구보다 열심히 추모본부 사이트를 지켰다. 그리고 진심 어린 격려와 위로를 해주시는 분들께 바로바로 감사의 댓글을 썼다. 또 비난을 하시는 분들께는 최대한 공손하게 그분들이 납득할 수 있도록 해명을 해드렸다. 그게 내가 할 수 있는 최선의 일이라 생각했다.

그러는 동안 어느덧 1주기가 다가오고 있었다. 추모본부 회원들과 나는 무엇인가 행동이 필요하다는 데 의견을 모았다. 우선 우리는 서해교전 전사자 1주기 행사부터 제대로 치르고 이를 행동의 시작으로 삼기로 했다. 우리는 수시로 만나 그 행사를 어떻게 진행할 것인지 머리를 짜냈다. 전투 경찰 출신인 한 운영진은 신고 집회를 제안했다. 집회 신고를 해야만 떳떳하고 당당한 모임을 가질 수 있다는 얘기였다. 그의 말에 전적으로 동의하여 우선 서울 광화문 사거리 동화면세점 앞 공간에 대한 집회 신고를 하였다.

멘토들과 함께 치른 1주기 추모 집회

1주기 행사에 대한 홍보도 시작했다. 나는 해군 제2함대에서 치른 공식 1주기 행사에는 참석하지 않고 광화문 행사에 몰두했다. 행사의 비용은 추모본부 회원들이 십시일반 걷고 내가 조금 낸 돈으로 충당했다. 행사가 저녁때 거행되니 회원들 가운데서는 우선 오전 중 대전 현충원에 가서 헌화를 하고 오자는 의견도 나왔다. 대전 가까이 사는 회원들은 현충원에 다녀왔다고도 했다. 그날 조기弔旗를 달아야 한다고 주장하는 회원도 있었다.

2003년 6월 29일, 시부모님과 다른 가족들은 제2함대 행사로 갔고 유족 중에는 나만 광화문 행사에 참석했다. 그날 행사는 추모의 글 낭독과 그런 일이 생기게 된 경위 보고 등으로 진행되었다. 자연히 정부나 해군의 대응에 대한 규탄 아닌 규탄을 할 수밖에 없었다. 장례식 때 민간인 조문을 막았던 탓에 조의를 표하지 못했던 여러 분이 오셔서 분향했다.

그날 행사에는 약 200명 정도가 참석했다. 그 고마운 분들이 기억에 많이 남는다. 고 함명수(1928~2016) 제독께서도 참석해주셨다. 그분은 6·25전쟁 당시 정보국장으로 인천상륙작전 때 직접 공작대를 지휘하여 인천 지역의 정보를 전달한 공을 세운 분이다. 1964년 제7대 해군 참모총장을 지낸 분이기도 하다. 그날 제독님은 향을 피우며 눈물을 흘리셨다. 가장 기억에 남는 고마운 분이었다. 몇 해 전에 돌아가셨지만 아직도 그분의 전화번호를 지울 수가 없다.

참석자 중에는 전사자들에 대한 전우애, 그들을 그냥 허망하게 보낸 것에 대해 울분과 한을 가진 분이 많았다. 우리가 준비한 국화꽃을 헌화하고 향을 피우며 애절한 심정으로 조문해주신 그분들에게 나는 일일이 감사의 인사를 드렸다. 아마 장례식에서 만났더라면 정신이 없어 제대로 인사도 드리지 못했을 것이다.

이날 행사는 광화문 사거리에서 열려서였는지 사람들의 관심을 제법 끌어 연합뉴스에도 보도⁶되었다. 또 인터넷 조선닷컴은 행사 동영상을 게재하기도 했다. 당시는 미순이 효선이 사건으로 반미 시위가 한창일 때였다. 사회의 관심이 그쪽으로만 쏠려 서해교전 전사자들은 다 잊은 듯한 분위기에 서운해 한 사람이 많았다. 그런데 1년 만에 처음으로 추모 행사가 열리자 그 사람들이 호응을 해온 것이다.

그날 헌화와 분향을 했던 한 중년 부인은 애써 언론사 기자들의 카메라를 피했다. 그는 "남편이 고위 공직자이다. 혹시 내 얼굴이 언론에 나갈 경우 남편에게 불이익이 있을까 봐 걱정스럽다. 나라를 위해 돌아가신 분들을 추모하는 것도 눈치를 봐야 하니 어떻게 된 세상이냐? 그래도 나라가 너무 걱정스럽고, 서해교전에서 전사한 장병들이 잊히는 것이 안타까워 분향하러 나왔다"라고 말했다. 그는 인터넷 등을 통해 추모 행사 장소를 알아보던 끝에 인터넷 독립신문사에 문의하여 장소를 알아냈다고 했다.

당시 불같이 일던 반미 촛불 시위처럼 추모 행사가 크게 확산될 것이라는 기대는 처음부터 하지 않았다. 그저 사람들이 남편을 기억해주고, 남편 사진 앞에 꽃이라도 한 송이 갖다 주면 그걸로 고마울 뿐이었다.

우리가 1주기 추모 행사를 준비하고 있을 때 보도된 관련 기사'에는 나에 대해 "남편의 그늘 아래 얌전한 새댁이었던 김한나 씨는 남편 사망 후 투사로 변해 있었다"라고 쓰여 있었다. 기자에게 "영어 실력을 쌓아서 외국인들에게 서해교전에 대해 자세히 설명하고 싶은 게 제 바람입니다. …… 서해교전 전사자들 흉상과 참수리 357정이 전쟁기념관에 전시되고, 그들 얘기가 교과서에도 실리도록 할 거예요. 일반인들에게 왜 우리가 나라를 지켜야하는지 일깨워주고 싶습니다"라고 말한 후였다.

이날 추모본부는 행사장 한편에서 평택 해군 제2함대 사령부에 전시되어 있는 참수리 357호를 용산 전쟁기념관으로 이전·전시해 달라는 청원 서명을 받았다. 또 추모본부의 한 관계자는 "북한의

참수리호를 둘러보고 고 한상국 상사가 전사한
자리에 선 리언 러푸트 사령관.

도발에 맞서 NLL을 지키다
산화한 참수리 357호 장병들
의 용감한 전투를 보다 많은
국민에게 알리기 위해서는
참수리 357호를 용산 전쟁기
념관에 전시해야 한다. 이런
너무도 당연한 일을 위해 서
명 운동까지 벌여야 하는 현
실이 안타깝다"라고 말했다.

1주기 추모 행사 때 우리나
라 장성들은 위로의 편지는
커녕 메시지 한 통 보내지 않
았다. 그런데 주한 미군의 러
포트 사령관께서 우리 유가족들에게 위로의 편지를 보내주셨다.

1주기 행사가 신문 방송에 나오고 미군 사령관의 위로 편지까지
받으니 다른 가족들의 마음도 조금씩 풀리는 듯했다. 시부모님께
서도 내가 그때까지 했던 활동에 대해 서서히 인정하기 시작했다.

"그래, 수고했다. 잘 했다."

대단한 칭찬은 아니었지만 내게는 큰 힘이 되었다. 내가 무슨 일
을 해야 하는지 방향을 알았고 그것이 시부모님을 조금이라도 위로
하게 되었다는 점에 안도하게 되었기 때문이다.

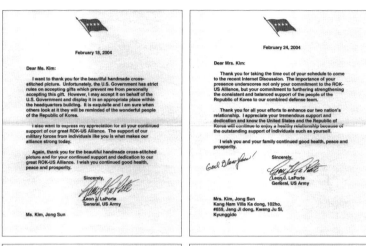

February 18, 2004

Dear Ms. Kim:

I want to thank you for the beautiful handmade cross-stitched picture. Unfortunately, the U.S. Government has strict rules on accepting gifts which prevent me from personally accepting this gift. However, I may accept it on behalf of the U.S. Government and display it in an appropriate place within the headquarters building. It is exquisite and I am sure when others look at it they will be reminded of the wonderful people of the Republic of Korea.

I also want to express my appreciation for all your continued support of our great ROK-US Alliance. The support of our military forces from individuals like you is what makes our alliance strong today.

Again, thank you for the beautiful handmade cross-stitched picture and for your continued support and dedication to our great ROK-US Alliance. I wish you continued good health, peace and prosperity.

Sincerely,

Leon J. LaPorte
General, US Army

Ms. Kim, Jong Sun

February 24, 2004

Dear Mrs. Kim:

Thank you for taking the time out of your schedule to come to the recent Internet Discussion. The importance of your presence underscores not only your commitment to the ROK-US Alliance, but your commitment to furthering strengthening the consistent and balanced support of the people of the Republic of Korea to our combined defense team.

Thank you for all your efforts to enhance our two nation's relationship. I appreciate your tremendous support and dedication and know the United States and the Republic of Korea will continue to enjoy a healthy relationship because of the outstanding support of individuals such as yourself.

I wish you and your family continued good health, peace and prosperity.

Sincerely,

God Bless you!

Leon J. LaPorte
General, US Army

Mrs. Kim, Jong Sun
Kang Nam Villa Ka dong, 102ho,
#659, Jang Ji dong, Kwang Ju Si,
Kyunggido

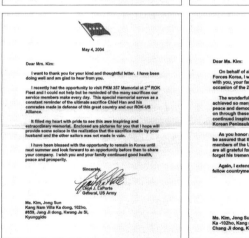

May 4, 2004

Dear Mrs. Kim:

I want to thank you for your kind and thoughtful letter. I have been doing well and am glad to hear from you.

I recently had the opportunity to visit PKM 357 Memorial at 2nd ROK Fleet and I could not help but be reminded of the many sacrifices our service members make every day. This special memorial serves as a constant reminder of the ultimate sacrifice Chief Han and his comrades made in defense of this great country and our ROK-US Alliance.

It filled my heart with pride to see this awe inspiring and extraordinary memorial. Enclosed are pictures for you that I hope will provide some solace in the realization that the sacrifice made by your husband and the other sailors was not made in vain.

I have been blessed with the opportunity to remain in Korea until next summer and look forward to an opportunity before then to share your company. I wish you and your family continued good health, peace and prosperity.

Sincerely,

Leon J. LaPorte
General, US Army

Ms. Kim, Jong Sun
Kang Nam Villa Ka dong, 102ho,
#659, Jang Ji dong, Kwang Ju Si,
Kyunggido

June 29, 2004

Dear Ms. Kim:

On behalf of all the men and women of the United States Forces Korea, I want you to know that our thoughts are always with you, your family, and your fellow countrymen on the occasion of the 2nd Anniversary of the West Sea Incident.

The wonderful people of the Republic of Korea have achieved so many tremendous accomplishments in the name of peace and democracy. Your husband's warfighting spirit lives on through these many accomplishments and serves as a continued inspiration to those who cherish freedom on the Korean Peninsula.

As you honor and mourn the loss of your loved one please be assured that the thoughts and prayers of the service members of the United States Forces Korea are with you. We are all grateful for your husband's valiant efforts and will never forget his tremendous gallantry.

Again, I extend my very best to you, your family, and your fellow countrymen as you remember your loved one this day.

Sincerely,

Leon J. LaPorte
General, US Army

Ms. Kim, Jong Sun (Hana Kim)
Ka -102ho, Kang nam villa, #659,
Chang Ji dong, Kwang Ju Si, Kyunggi do

리언 러포트 사령관이 보내준 위로의 편지들.

미국 한국전 참전 기념탑 제막식에 다녀오다

2003년 여름, 나의 멘토인 권준혁 형님이 「월간조선」의 기사 한 편을 내게 내밀었다. 박정희 전 대통령 때 6년 동안 국방부 장관을 지낸, 제4대 해병대 사령관 김성은 장관님에 대한 기사였다. 그분이 미국의 보스턴 매사추세츠 우스터Massachusetts, Worcester라는 곳에서 6·25전쟁 참전 기념비를 세우는 데 1만 달러를 기부하셨다는 내용이었다. 55년 전 6·25전쟁에서 전사하신 분들을 기리는 '센트럴 매사추세츠 주 한국전 참전 기념탑' 제막식은 그해 11월로 예정되어 있었다. 이 행사에 김성은 장관님과 해병대 전우회 대표가 참석한다고 기사에 쓰여 있었다. 김 장관님의 기부 소식을 들은 역대 해병대 사령관들도 "한미 양국의 확고한 동맹 관계와 우의가 더욱 돈독해지는 데 보탬이 되기를 희망한다"라는 취지의 편지와 함께 400여만 원을 전달했다고 했다. 권준혁 형님은 나도 그 행사에 참석하는 것이 좋겠다고 제안했다. 두 말 않고 가겠다고 대답했다.

나는 그 기사를 쓴 당시 조선일보 주미 특파원 이하원 기자에게 이메일을 보냈다. 내 소개를 한 후 그 행사에 참석하도록 도와줄 수 있는지를 물었다. 이하원 기자는 흔쾌히 나를 돕겠다고 답장을 보내왔다.

미국으로 가기 위해서는 비자가 필요했다. 인터넷을 뒤져보니 비자 신청을 대행해주는 회사가 있었다. 그런데 대행사 사장은 비자를 받기 힘들 것 같다고 말했다.

"혼자되신 여자분이고 본인 명의의 재산도 거의 없지 않습니까? 불법 체류하는 사람 중에 그런 경우가 많아서 미국 대사관에서는 비자를 잘 안 내줍니다."

"저랑 내기할까요? 제가 준비 다 해서 인터뷰를 할 테니 만일 비자 받으면 사장님이 저한테 밥 사셔야 해요."

무엇이 그렇게 자신감에 넘치게 했는지는 모르겠지만 나는 나름의 확신을 가지고 있었다. 미국 사람들은 군인을 존경하고 특히 전사자에 대해서는 정성을 다해 예우한다는 얘기를 많이 들었기 때문이다. 자기네 군인과 전사자를 존중하는 미국인이 다른 나라 군인 가족을 냉대하지는 않을 것이라는 확신도 있었다.

비자 인터뷰하는 날이 되었다. 미국 대사관에서 나를 담당한 영사는 여자였다. 영어를 잘 못하는 나는 서류 위에 영문 편지 한 장을 첨부하였다.

"미국에서 나라를 위해 희생한 분들을 어떻게 기리고 예우하는지 배우고 싶습니다. 돌아와서 서해교전 추모 활동을 하고 싶습니다."

그런데 그녀는 편지는 보지 않고 추모본부 홈페이지를 컬러 프린트해간 것에 관심을 가졌다.

"아, 나 이 일 알고 있습니다."

그녀는 그제야 번역해간 내 편지를 읽기 시작했다. 그녀는 다시 홈페이지를 봤다.

"이 사진 중 누가 당신의 남편입니까?"

내가 사진 속 남편을 손가락으로 가리켰다.

"잘 생겼네요. 나 이 사건 압니다. 당신 많이 힘들었겠군요."

"편지에 쓴 것처럼 우스터에 가야 하는데 갈 수 있도록 도와주세요."

"그래요. 당연히 다녀와야지요."

그녀는 진심으로 고인의 명복을 빈다면서 내 손을 잡았다. 그리고 흔쾌히 10년짜리 비자를 내주었다. 미국은 나라를 위해 목숨 바친 영웅을 중시한다고 들었다. 그래서 영사가 내게 전사한 영웅의 아내에 걸맞은 대우를 해줄 것이라 확신했다. 감사하게도 나의 확신이 들어맞았다. 비자를 받아들고 나오니 대행사 사장이 깜짝 놀랐다. 결국 그 사장에게 식사 대접을 받았다.

가진 돈을 다 털어 비행기 표는 샀지만 빈손으로 행사에 갈 수는 없었다. 그래서 약간의 돈을 빌려 작은 선물을 준비하기로 했다. 'Our Brothership'이라는 문구와 '한국은 당신을 기억합니다. 우리의 형제애를 영원히 기억해 나갑시다'라는 글을 넣은 버튼, 한미동맹 깃발 모양 배지를 2천 개 만들었다.

미국 보스턴 공항에 도착했는데 공항 금속 탐지기를 통과할 때 요란한 경고음이 울렸다.

"가방에 무엇이 들었나요? 열어봐도 될까요?"

나는 불안한 마음으로 고개만 끄덕였다. 가방을 열자 'Our Brothership' 버튼이 나왔다. 영어를 잘 못했던 나는 손짓 발짓 다 해가며 그 버튼의 용도와 내가 참석하려는 행사에 대해 설명했다.

2003년도 미국 매사추세츠 주 우스터 시에 처음 갈 때 만들었던 한미우호 버튼.

"나 이거 몇 개 줄 수 있나요?"

세관원은 뜻밖의 반응을 보였다. 나는 그의 손에 색깔별로 버튼을 쥐여줬다. 버튼을 받아든 그는 무척이나 좋아했다. 미국인들이 무엇을 명예롭게 생각하는지 실감할 수 있게 해준 경험이었다.

제막식 행사장에 도착한 나를 보고 참석한 사람들 모두 깜짝 놀랐다. 체격도 조그만 나 같은 여자가 태평양 건너 그 작은 마을의 행사에 참석하러 왔다는 사실에 놀란 것이다. 나라를 지키기 위해 전사한 사람의 아내가 그 행사를 알고 찾아왔다는 것이 믿기지 않았던 모양이었다. 한국에서 온 전사자 유가족이라는 것을 알고 난 그들은 외국의 민간인일 뿐인 나에게 상석을 내줬다.

그 행사에 참여한 분들은 거의 참전 군인으로 연세가 많은 분들이었다. 프랜시스 R. 캐럴Francis R. Carroll 회장님을 비롯한 그 할아버지들은 나를 무척 예뻐해 주셨다. 스위프트Ken Swift 부회장님은 "남편을 잃은 슬픔을 이기고, 태평양 건너 열린 행사에 참석한 데 대해 뭐라고 감사해야 할지 모르겠다"라고 말했다.

나는 가져간 버튼과 배지를 한 개씩 그분들께 나눠드렸다. 우리는 서로 고맙다는 말을 계속 주고받았다. 그분들은 잊지 않고 미국까지 찾아가준 내가 고마웠고, 나는 6·25전쟁 때 멀리 한국까지 와서 우리를 도와주고 또 지금은 나를 환대해준 것에 감사했다. 당신들이 우리를 위해 싸워준 덕분에 우리는 잘 살고 있다는 등의 얘기도 했다. 그 정도의 말에도 그분들은 감격하셨다.

11월의 추운 날씨에 행사는 네 시간이 넘게 진행되었다. 그런데 자리를 뜨는 사람은 하나도 없었다. 지루함을 못 이겨 칭얼거리는 아이가 있었다. 그 부모는 "나라를 위해 목숨 바친 분들의 영혼이 이곳에 있단다. 춥지만 참아야지"라고 말했다. 그 얘기를 들은 아이는 자세를 바로잡았다. 그들은 참전 용사의 가족도 아닌 일반 시민이었다. 내 눈에는 정말 놀라운 장면이었다.

참전 기념탑은 약 40만 달러의 예산을 들여 우스터 시의 유니언 역 바로 앞에 세워졌다. 기념탑 부지는 가로 40m, 세로 30m 규모로, 오각형의 기념대 한가운데 약 20m 높이의 미국 국기가, 그 옆에는 태극기, 한국전 참전 기념 깃발이 함께 게양되었다. 게양대 옆에는 한국전에서 전사한 우스터 시의 참전 용사 191명의 이름이 새겨진 대형 대리석이 자리를 잡았다. 이 기념탑은 미국 참전 용사뿐 아니라 당시 한국전에서 숨진 200만 명의 한국인 희생자들의 명복을 기리는 뜻도 있다고 하였다. 행사를 주관한 기념탑 건립위원회는 6·25전쟁을 잊히지 않는 전쟁으로 만들기 위해 노력하고 있다고 하였다.

그 행사장의 감격스러운 분위기에 대해 이하원 조선일보 워싱턴 특파원이 기사를 썼다. 당시 인터뷰에서 나는, 50여 년 전의 일도 기억하고 추모하는 미국인들의 태도를 배워보고 싶었다, 많이 배웠고 느낀 바도 많다는 말을 했다. 다음은 이하원 특파원의 기사[8]이다.

2003년 11월 9일(한국 시각 10일) 미 매사추세츠 주 한 가운데 위치한 우스터 시의 '센트럴 매사추세츠 주 한국전 참전 기념탑' 제막식 현장. 행사에 참석한 1,200여 미국인의 왼쪽 가슴에는 파란색 또는 노란색 원형 배지가 반짝거리고 있었다. 여기엔 "한국은 당신을 기억합니다" "우리의 형제애를 영원히 지켜나갑시다"라는 영문 문구와 www.pkm357.org 라고 쓰인 인터넷 주소가 선명했다. PKM 357은 지난해 6월 29일 서해교전 당시 침몰한 우리 측 해군 함정 참수리호를 나타낸 기호. 이 배지는 함정의 조타장이었다가 북한군의 공격으로 사망한 지 41일 만에 시신이 인양된 고 한상국(韓相國) 중사의 부인 김한나 씨가 마련한 것이다.

김 씨가 서울에서 준비해 온 1천여 개의 배지가 순식간에 동이 나 뒤늦게 도착한 미국인들이 "남은 배지가 없느냐"고 묻는 모습이 눈에 띄기도 했다. 김 씨의 사연을 전해들은 주최 측은 그녀를 단상으로 불러내 감사의 뜻을 표했다. 행사장에서 만난 최승훈(崔乘訓) 전 뉴잉글랜드 지역 한인회장은 우리 정부가 나서서 해야 할 일을 김 씨가 자발적으로

해 많은 미국인이 감동을 받았다"라고 말했다.

김 씨가 미국 땅에서 열린 우스터 지역 6·25 참전 기념탑 제막식에 참석하기로 한 것은 지난 여름. 「월간조선」 기사를 통해 관련 내용을 알게 되면서부터다.

"한국에서는 1년밖에 지나지 않은 서해교전을 금방 잊어버렸는데, 50년이 더 지난 일을 기억하기 위해서 애쓰는 분들이 누구인지 만나보고 싶었습니다. 또 한국에서 반미 감정이 기승을 부리지만, 6·25 당시 미국의 희생을 기억하는 한국 사람이 많다는 것을 알리고 싶었어요."

김 씨는 미국 비자를 신청할 때 "미국에서 나라를 위해 희생한 분들을 어떻게 기리고 예우하는지를 배우고 돌아와 서해교전 추모 활동을 효과적으로 하고 싶다"라는 내용의 방문 목적 서류를 만들어 제출했다. 이에 김동한 미국 영사는 즉각 비자를 발급하면서 "펜타곤에서는 사진 찍는 것이 금지돼 있으니 조심하라"라고 조언까지 했다고 한다.

김 씨는 네 시간이 넘게 걸린 행사에 수많은 시민이 참석한 것을 보고 "충격을 받았다"라고 말했다.

"갑작스럽게 기온이 떨어져 영하의 날씨였지만, 행사장에서 이탈하는 시민이 거의 없더군요. 모두들 진지한 표정으로 50여 년 전의 희생자를 추모하는 것을 보고 놀랐습니다. 국가를 위해 희생한 사람을 추모하는 분위기가 부러울 따름입니다."…… 그는 "올해 서해교전 1주기 때는 주한 미군에서 보낸 위로 편지를 받았는데, 정작 우리 정부로부터는 아무런 위로 서신을 받지 못했다"라며 "우리 정부는 유족들이 그냥 숨죽이며 살고, 서해교전이 잊히기를 바라고 있는 것 같았다"라고 비판했다.

김 씨는 현재 군부대에 전시돼 있는 참수리호를 전쟁기념관으로 옮기기를 희망하고 있다.

"나라를 지키다가 벌집이 된 함정이 왜 일반 시민들의 접근이 어려운 군부대에 전시돼야 합니까. 전쟁기념관으로 옮겨서 많은 국민이 그 참상을 바로 알아야 합니다."

김 씨는 참전 기념탑 제막식 참석에 이어 워싱턴의 알링턴 국립묘지, 한국전 참전 기념탑, 아나폴리스의 미 해군사관학교를 돌아보는 '안보여행'을 하고 다음 주 귀국할 예정이다.

이날 건립된 참전 기념탑은 6·25 당시 숨진 191명의 우스터 지역 미국 참전 용사를 기리기 위해 만들어졌다. '센트럴 매사추세츠 주'의 미군 참전 용사들이 이를 위해 3년간 모금한 금액은 총 45만 달러. 이 중에는 김성은(金聖恩) 전 국방장관이 기부한 1만 달러가 포함돼 있다.

참전 기념탑 부지에는 성조기, 태극기, 한국전 참전 깃발이 휘날리게 되며, 워싱턴의 베트남전 참전 기념탑처럼, 6·25전쟁으로 유명을 달리한 참전 용사의 이름이 새겨진 대리석이 설치됐다. 그 대리석 맨 위에는 "자유는 거저 얻는 것이 아니다(Freedom is not free)"라는 글귀가 금박으로 새겨져 있다.

　귀국해보니 그 기사 때문에 난리가 나 있었다. 많은 사람이 나에게 관심을 갖기 시작했다. 대부분 "기사 잘 봤다", "네가 이런 일까지 하는 줄 몰랐다", "대단하다", "작은 일이었지만 한미 동맹을 더

욱 굳건하게 하는 일이었다", "잘 했다"라는 등의 반응이었다. 그 일이 있은 후 추모 카페의 회원 수도 계속 늘어났다. 시부모님께서도 좋아하셨다. 무엇보다 아들의 이름이 신문에 보도되었던 덕분이다. 나는 그저 미국에 다녀온 것밖에 한 일이 없는데 감사하게도 칭찬을 많이 받았다.

우스터의 행사를 마치고 귀국한 며칠 후 캐럴 회장님으로부터 이메일이 왔다. 메일에는 "당신이 많은 돈을 들여 태평양 건너 행사에 온 사실에 진심으로 감사합니다. 버튼도 고맙습니다. 보답으로 당신에게 돈을 보내주고 싶습니다"라고 쓰여 있었다. 나는 바로 답장을 썼다.

"돈을 받을 수는 없습니다. 저에게 뭔가를 해주고 싶으시다면 기념답의 벽돌에 서해교전 전사자 여섯 분의 이름을 새겨 넣어주십시오."

며칠 뒤 다시 편지가 왔다

"작은 벽돌 한 장에 여섯 분의 이름을 다 넣을 수는 없습니다. '고 한상국 외 다섯 해군 전우들을 기리며'라고 쓰겠습니다."

이린 답장을 받기 선에도 나는 국제 전화를 하여 여섯 명의 이름이 다 올라가기를 여러 번 부탁드렸다. 나는 추모 모임의 대표 대행일 뿐이니 다른 분들의 이름도 함께 올라야 한다고 생각했다. 하지만 결국 위와 같이 결정되었다는 메일을 받고 더 이상 부탁하지 않았다. 염치없는 행동이라 생각했기 때문이다.

캐럴 회장님은 우스터 출신으로 그곳의 유지였다. 그분은 17세에 해군에 입대하여 6·25전쟁에 참전하셨고 당시 머나먼 한국 땅에서 많은 친구를 잃었다고 하셨다. 고등학교도 졸업 못했지만 보험업에 종사하며 열심히 일하여 돈을 많이 모으셨다고 한다. 캐럴 회장님은 정치인에게 기부도 많이 했는데 특이한 것은 공화당, 민주당 양당 정치인에게 공정하게 기부를 했다는 것이다.

러포트 장군과의 면담[9]

다음 해인 2004년 2월 CBS, 국민일보, 다음미디어 공동 주최로 '리언 러포트 주한 미군 사령관 네티즌 초청 토론회'가 개최되었다. 전국에서 선정한 네티즌이 토론자로 초청되었다. 나는 그 토론자로 다음 사이트에 신청했지만 선정되지는 못했다. 그런데 토론회 전날 한미연합사령부 회의실에서 러포트 장군과 만날 수 있었다. 원래는 토론자들과 미리 만나는 자리였는데 나의 사연을 들은 주최 측이 나를 불러준 것이다.

　서해교전 이후 우리 유가족을 돕겠다며 떠들썩했던 시민단체들과는 이내 연락이 끊겼지만 러포트 사령관은 남편의 장례식은 물론 1주기 때도 편지를 보내는 등 꾸준한 관심을 보여줬다. 그에 대해 감사의 인사를 전하고 싶었다. 나는 러포트 사령관에게 선물할 십자수 액자를 만들었다. '서해교전 전사자들의 영혼을 담는다'라는 심정으로 두 주 동안 정성스레 수를 놓았다. 평화롭게 꽃을 들고 있는 한 여인의 모습과 남편의 이름 영문 이니셜을 담았다.

　놀랍게도 러포트 장군은 내가 보스턴 우스터에서 열린 제막식에 참석했다는 사실을 이미 알고 계셨다. 놀라는 나에게 그곳이 자신의 고향이어서 소식을 들을 수 있었으며 고맙다고 말했다. "한국을 대표해서 외교 활동을 펼친 총명한 군인의 아내"라고 칭찬하면서 4성 장군 기념주화를 선물로 주셨다. 나도 십자수 액자와 미국에 갈 때 가져갔던 버튼을 선물로 드렸다.

　이날 면담에서 러포트 장군은 "자유민주주의 국가에서는 종교, 집회, 언론 그리고 자유로운 의견 제시의 자유가 보장되며 이런 자유를 수호하고 한반도의 평화 정착을 위해 미군이 주둔하고 있다. …… 이번 토론회 역시 민주 국가의 특징인 언론의 자유를 보장하는 것이어서 여기 참가하게 돼 무척 기쁘다. …… 이런 자유를 수호하며 숨겨간 사람들이 나에게는 영웅이며 지난 서해교전 당시 숨진 모든 장병과 부상으로 아직도 고통받는 대한민국 해군들도 내게는 영웅이다"라고 말했다.

　나는 장군에게 "남편이 숨진 뒤 장군께서 애도의 뜻을 표했던 일에 대해 감사의 말을 전하고 싶어 이 자리에 참석했다"라고 내 뜻을 전했다. 러포트 장군 역시 "고 한상국 중사와 같이 자신의 희생을 통해 자유를 수호한 모든 사람을 마음속에 담고 있다. …… 사건 당시 유엔 사령부 측도 한국 해군과 합동으로 파괴된 선박을 인양하고 승무원을 구조하는 일에 참가했다"라며 애도의 뜻을 표했다.

　나는 미국 내의 참전 용사 추모 사업에 관해 질문했다. 그 무렵 주한 미군이 한글 웹사이트www.usfk.or.kr를 개설하는 등 인터넷을 통한 홍보를 강화하고 있었는데 미국 내에도 한국전 희생자를 기리기 위한 인터넷 사이트나 정보를 얻을 곳이 있는가 하고 물었다. 이에 러포트 장군은 "내가 알기로는 아직 웹사이트를 열었다는 말은 듣지 못했다. 다만 미국 재향군인회가 한국전 참전자들을 위한 여러 가지 프로그램을 운영하고 있다"라고 답했다. 또 장군은 "나도 결혼 생활을 36년이나 했지만 군인의 아내로 사는 것이 얼마나 가슴 졸이고 위험한 일인지 모른다. 내 아내도 위험을 감수해야 하는 군인의 아내로서 언제라도 당신과 같은 경험을 할 수 있다. 어렵고 힘든 기억을 잘 극복하길 바란다"라며 나를 위로했다.

앞으로 주한 미군이 참전 용사 추모 행사를 하거나 서해교전 등 기타 남북 간 갈등의 와중에 생긴 희생자를 위한 행사를 한다면 동참할 수 있는지 묻는 내 질문에 주한 미군 공보처의 데보라 G. 버틀랜트 중령은 무슨 일이든 돕고 싶다며, 다만 미군이 할 일이 무엇인지 미리 알려주고 서로 의견 교환을 꾸준히 할 수 있다면 보다 큰일을 할 수 있을 것이라고 말했다. 그리고 나와 지속적으로 연락을 취할 것을 약속했다. 러포트 사령관을 만난 뒤 나는 마음의 짐을 하나 내려놓은 듯했다. 고맙다는 말을 전할 수 있었기 때문이다.

러포트 장군은 한국에서 북한군과 싸우다 전사한 분들의 이름을 책상에 붙여 놓고 기리고 있다고 하셨다. 지금은 은퇴하여 미국 텍사스에서 사신다고 들었다. 참 따뜻한 분이었다.

"김 씨 아줌마, 그만 나와!"

우리 국민은 물론 국방부도 잊고 있는 서해교전을 주한 미군이 기억하고 있다는 사실은 뜻밖이었다. 우리 유가족에게는 마치 조금 전에 일어난 것처럼 아직도 생생한데 다른 사람들은 너무 빨리 잊는 것 같았다.

내가 추모본부 일에 관여한다 하니 처음에는 많은 사람이 잘한다고 박수를 쳐주었다. 그런데 그런 사람들도 시간이 지날수록 냉담한 반응을 보이기 시작했다. 왜 자꾸 지나간 일을 들추느냐며 타박하는 사람들, 요즘처럼 사람들이 모든 것을 쉽게 잊는 시대에 서해교전이 기억되기 바라는 것은 욕심이라고 충고하는 사람들도 있었다. "김 씨 아줌마, 그만 나와"라고 댓글을 쓴 사람도 있었다. 이 댓글은 세월이 흘러도 절대 잊히지 않을 것 같다.

어떤 사람은 추모본부 홈페이지를 두고 '사기꾼 집단'이라고도 했다. '추모'라는 거룩한 명분을 가지고 돈이나 뜯어낸다고 했다. 그런데 이런 말을 한 사람은 해군 출신이라 했다. 서해교전에 대해 잘 모르는 사람들이 한 말이라면 이해할 수도 있다. 그러나 우리나라 해군 출신이 어떻게 해군 추모 사이트에 사기꾼이란 말을 할 수 있었을까? 사이트에는 "일개 중사의 아내가 왜 그렇게 나서느냐"라는 글도 올라왔다. 해군이 나서서 해야 할 일을 안 하니 '일개 중사의 아내'인 내가 나설 수밖에 없었다는 것을 저들은 정말 모르는 걸까?

그런 말을 들을 때마다 답답하고 가슴이 아파 밤잠을 이룰 수 없었다. '왜 내가 여기까지 왔을까?'라는 생각으로 오로지 도망가고 싶은 마음뿐이었다. 하지만 그때마다, 41일 만에 총상을 입은 채 싸늘한 시신이 되어 돌아온 남편 모습이 떠올라 결코 포기할 수 없었다. 내가 원하는 것은 남편을 기억해달라는 것이 아니다. 다만 '남편이 한 일'을 기억해달라는 것이다. 앞으로 자라나는 세대들에게 왜 목숨을 바치면서 나라를 지켜야 하는지, 나라가 왜 중요한지 조금이나마 알리는 일을 하고 싶었을 뿐이다.

그 무렵 나는 사이버한국외국어대 언론정보학부에 입학했다. 나를 혼자 남겨 두고 떠난 남편 때문에 세 가지를 싫어하게 되었는데 그것은 바다와 전복과 우리나라 언론이었다. 서해교전을 너무나 빨리 잊어버린, 그리고 심지어 왜곡하기까지 하는 언론에 대한 실망과 배신감이 컸다.

당시 현역 장교가 국방일보에 서해교전 관련 언론의 보도 태도에 대해 칼럼[10]을 쓰기도 했다. 국방부 군비통제관실에 근무했던 박왕옥 중령(당시 계급)은 "이번 교전을 두고 일부 언론에서는 적지 않은 논란이 일고 있다. 예를 들어 전투 초기 상황 보고 과정에서 '사망자 5명'이 '사상자 5명'으로 잘못 전달돼 작전 지휘관이 사격 중지 지시를 내린 것은 성급한 판단이 아니었는가 하는 문제 제기 등을 하고 있다. 북한 경비정의 기습 공격으로 정장이 전사하고 조타실 내 통신 체계가 마비된 상태에서 전투 상황이 적시에 보고되지 않았고, 전투 간 혼전 상황에서 사망자 5명이 사상자 5명으로 잘못 보고돼 상황 판단에 혼선이 있었던 것은 사실이다. 그러나 이것이 상황 종료의 결정적인 이유는 아니다. 당시 현장 지휘관은 현장 상황과 적의 동태, 그리고 아군의 안전 확보 등을 종합적으로 고려해 판단하고 결심한 것이다. …… 그러나 전투의 종합적인 시비 판단은 충분한 시간이 흐른 후 군사전문가들이나 전사가戰史家들에 의해 이루어져야 한다. 현 시점에서 비전문가들이 부분적 사실만을 부각시켜 예단하는 것은 곤란하다"라면서 "전쟁 상황이 사실상 안방에 실황 중계되는 오늘날 군사 작전에 대한 언론의 과도한 보도 경쟁은 군사 기밀 누출로 이어지는 경우도 많다"라고 우려를 표했다. 당시 언론의 성급하고 선정적인 보도들이 관계자들에게 얼마나 큰 상처가 되었는지 보여주는 사례이다.

나는 우리나라 언론이 바람직한 방향으로 개선되는 데 작은 도움이라도 보탤까 하여 이 공부를 시작했다. 또 학교를 다니면서 젊은 사람들과 자주 만나다보면 추모본부에 도움이 될 만한 좋은 아이디어를 얻을 수 있을 것 같기도 했다.

1년 후 나는 이 학교를 다니는 것을 포기했다. 가장 큰 이유는 내게 필요한 학문이 아니라는 생각에서였다. 내게는 실천을 위한 행동의 학문이 필요했는데 학교에서 가르치는 것은 말을 위한 이론의 학문이었기 때문이다.

미국 참전 용사들, 한국에 오다

2004년 5월, 캐럴 회장님을 비롯한 매사추세츠 우스터의 참전 용사들이 한국을 방문한다는 편지를 받았다. 미 해병대사령부 인력부 부참모장을 역임한 윌리엄 R. 멀로니William R. Maloney 예비역 해병 중장, 인천상륙작전에 참전한 워런 위드핸Warren H. Wiedhahn 예비역 해병 대령 등 모두 아홉 분이었다. 이 방한은, 그 전 해 11월 우스터 시에 완공된 한국전쟁 참전 기념비 건립을 위해 김성은 전 국방부 장관님이 성금을 기부한 것에 대해 참전 용사들이 감사의 뜻을 전해왔을 때, 김 장관님이 한국 방문을 제의하여 성사된 것이다. 이분들은 9박 10일 동안 미 해병대 제1사단 참전 기념비, 인천상륙작전 기념비, 판문점, 도라산 전망대, 애기봉 전망대, 거제도 포로수용소 등 전적지를 찾아 6·25 당시 산화한 전우들의 넋을 기렸다. 또 포항제철과 현대자동차, 현대중공업 등 우리나라의 발전한 산업 시설을 둘러봤다.

경기도 김포시 해병대 청룡부대에 도착한 할아버지들은 부대장 등 부대 관계자들과 일일이 악수를 나누며 서툰 우리말로 "감사합니다"라고 인사를 건넸다. 애기봉 전망대에서는 비가 내리고 바다 안개가 끼어서 시야가 좋지 못했지만 강 건너편 북쪽에 대해 세세히 물어보기도 했다. 6·25전쟁 당시 해병대 장교로 참전한 멀로니 예비역 중장님은 다음과 같이 말했다.

"애기봉에서 강 건너편 모습을 보며 당시 내가 옳은 일을 했다는 생각이 들었습니다. …… 52년 전의 비참한 모습에서 벗어난 한국의 엄청난 에너지에 놀라움을 감출 수 없습니다. …… 한국 국민들의 영원한 자유 수호 노력을 높이 사고 싶습니다. …… 한미 관계를 더욱 돈독히 해서 세계의 자유와 평화를 위해 함께 나갑시다."

나는 김성은 장관님의 일정에 따라 모든 행사에 참석했다. 비공식 일정에는 내가 그분들을 모시고 다녔다. 그런 고마운 분들과 긴 시간 함께 할 수 있다는 것은 정말 감사한 일이었다. 서울에 와서도 그분들은 나를 친손녀 이상으로 예뻐해 주셨다. 내게는 분에 넘치는 영광이었다. 그분들에게 무엇을 보여드려야 할까 궁리하던 나는, 해군 제2함대에 있는 357 참수리호와 전적비를 보여드리기로 했다. 비용이 든다면 내 돈을 들여서라도 그분들을 평택에 모셔 가고 싶었다. 그런 행사가 우리 정부나 해군에게 자극을 주고 전사자들에 대한 국민의 인식을 바꾸는 길이라 생각한 것이다.

5월 9일 평택 해군 제2함대 내 충무동산에서 환영 행사가 열렸다. 내가 힘들게 주선한 자리였다. 미국에서 온 노병들은 서해교전에서 전사한 여섯 명의 동판 부조 앞에서 거수경례를 했다. 비가 내렸지만 그분들의 꼿꼿한 자세는 흐트러지지 않았다. 그분들은 서해교전 전적비가 세워진 이후 참배한 첫 외국 참전 용사들이었다고 한다.

그분들은 침몰됐다가 인양된 357 고속정 전시장을 둘러보면서 매사추세츠 주 우스터 시 한국전 참전 기념회에서 처음 만들어준 추모 벽돌.

통역 장교의 설명을 하나도 놓치지 않으셨다. 갑판 곳곳에 노란색으로 표시돼 있는 총탄 자국을 일일이 손으로 만지던 윌리엄 멀로니 예비역 중장님은 "자유를 위해 자신들을 희생한 진정한 영웅들을 한국의 젊은이들이 기억해야 할 텐데……"라고 안타까워했다. 순간 나는 눈물을 참을 수가 없었다.

그분들은 해군회관에서 유족들과 함께 점심 식사를 했다. 그 자리에서 벽돌 한 장을 내놓으셨다. 그 벽돌에는 '한상국 중사 외 다섯 명의 해군을 추모하기 위하여In Memory and Honor of HAN SANG KOOK and FIVE FELLOW SAILORS 2002'라고 새겨져 있었다.

"미국에도 이와 똑같은 벽돌이 하나 더 있습니다. 5월 31일 '메모리얼 데이(우리나라 현충일과 같은 날)'에 이 벽돌을 참전 기념탑에 올리면서 서해교전 전사자들의 이름을 참전 기념탑의 전사자 명단에 포함시킬 것입니다. …… 한국인의 영웅은 곧 미국인의 영웅이기도 합니다. …… 보다 많은 사람에게 영웅들의 존재를 알릴 것입니다."

캐럴 회장님의 말씀에 우리 유족들은 다시 한 번 눈물을 흘렸다. 캐럴 할아버지는 미국에 돌아가면 여섯 분의 이름이 모두 들어간 벽돌을 만들어 전시하겠다고 약속하셨다. 이 노병들의 방한은 널리 알려져 많은 사람이 미국에서 온 이분들의 행적에 감사와 경의를 표했다.

"꽃노래도 한두 번이지"

당시 오셨던 미군 노병들 중 워런 위드핸 예비역 해병 대령께서 내게 말씀하셨다.

"이런 보훈에 관한 일, 사람들에게 알리는 일을 할 때는 너무 시끄럽게 북을 치면 안 됩니다. 사람들이 처음에는 호기심에 쳐다보지만 조금만 지나면 시끄러워서 안 듣게 되지요. 그러니 이런 일을 할 때는 짧게, 큰 울림을 주는 일을 해야 합니다. 당신은 잘 할 수 있을 겁니다."

나도 그분의 말씀에 전적으로 공감했다. 오죽하면 우리 속담에 "꽃노래도 한두 번이지"라는 말이 있겠는가.

그런데 벽돌에 내 남편 이름이 대표로 쓰여 있다고 비난한 사람도 있었다. '해군사랑'이라는 닉네임을 쓰는 사람은 다음과 같은 글을 써서 항의했다.

"어떻게 서해교전의 대표자가 한상국 중사가 됩니까? 전투의 지휘관은 정장이었던 윤영하 소령이었는데 역사에 길이 남을 참전비에 한상국 중사가 서해교전의 대표자가 되어 정장은 이름도 없이 그의 동료로 기록이 됩니까? 그 벽돌이 한상국 중사의 미망인에게만 전달되는 개인적인 선물이라면 이해가 되지만 후손들이 두고두고 볼 역사적인 공식 기록에 그렇게 왜곡되게 기록할 수 있습니까? 인천상륙작전, 태평양전쟁 등 역사적인 수많은 전투 기록에서 우리는 누구를 기억합니까? '윤영하 소령과 그의 용감한 부하들'이라고 기록하는 것이 옳은 것이 아닌지? 하늘나라에서 한상국 중사가 정장이었던 윤영하 소령에게 미안해할 것 같습니다."

너무나 속상한 마음에 나도 사이트에 글을 썼다. 우스터에 다녀온 일 등 그동안의 경위를 밝히고 내가 하는 일이 남편만을 위한 것이 아니라 안타깝게 가신 여섯 분 모두를 위해서 하는 일이라는 것을 강조하였다.

"······ 제발 다른 눈으로 보지 마시고 넓게 생각해 주시기 바랍니다. 한국 어디에도 없는 여섯 분의 이름이 매사추세츠 주 우스터시 박물관에 들어갑니다. 과연 우리 정부나 군, 국민들은 무엇을했는지 한번 생각해 보는 계기가 되었으면 하는 바람으로 이번 행사를 했습니다. 다시 한번 말씀드립니다. 저는 한 개인을 위해 하는 일이 아니고 여섯 분을 위해서 잘하지는 못하겠지만 최선을 다해 세운 목표를 향해 열심히 할 겁니다. '여자가 나서서 한 일이 그렇지'라고 생각하지 마시고 제발 저에게 힘을 주셨으면 합니다. 여러 가지 사정으로 빨리 입장 표명을 못한 점 송구합니다. 진심으로 머리 숙여 죄송합니다. 더욱 더 열심히 하겠습니다."

물론 그 과정에서 내 편을 들어주고 나를 위로해준 분도 계셨다. 아직 남편의 시신을 인양하지 못했을 때 우리 집에 와서 상황을 설명해줬던 이창묵 대령님은 다음과 같은 댓글로 내게 큰 힘이 되어주셨다.

"너무 마음 아파하지 마시고 흔들리지도 마세요. 고 한상국 님은 조타장으로서 참수리 357호정과 운명을 같이한 최후의 한 사람이었습니다. 차가운 연평도 근해 NLL 바닷속에서 40일씩이나 혼자 배를 지켰습니다. 충분히 대표성이 있습니다. 상황을 잘 모르는 사람들은 그렇게 말할 수도 있겠지만 경우에 따라서는 지위 고하를 떠나서 적절한 대표성을 갖춘 사람이 있을 수 있으며 고 한상국 중사가 그런 경우라 확신합니다. 김한나 님의 의도대로 그렇게 된 것은 아니지만 결론적으로 절묘한 대표라고 생각합니다. 다른 유가족들도 그렇게 생각하시리라 믿습니다. 다섯 전우도 기꺼이 받아들이리라 확신합니다."

내 남편의 정당한 명예를 되찾겠다는 행동이, 우리나라를 위해 싸우다 죽거나 다친 전사상자를 위해 일한다는 것이 왜 그렇게 사람들의 마음을 불편하게 했는지 정확히는 알 수 없다. 내가 '꽃노래'라 생각하고 쓸데없이 여러 번, 시끄럽게 떠들었을 지도 모른다. 그래도 그게 그렇게 큰 잘못일까?

어쨌든 나는 남편이 세상을 떠난 후로, 추모본부에서 일한 후로, 수없는 반성과 수없는 사과를 해야 했다. 그러면서 대한민국에서는 군인 유가족으로서 명예를 추구하는 일이, 전상자를 돕는 일이 '죄'가 된다는 생각을 굳히게 되었다.

고 김성은 장관님과의 인연

지금은 작고한 김성은 장관님이 미국 우스터 한국전 참전 기념탑 건립을 위해 1만 달러 성금을 보내셨다는 소식을 듣고 나는 감사한 마음에 무작정 미국까지 찾아갔다. 내 일생 잊지 못할 은혜를 베풀어주신 그분과의 인연은 그렇게 시작되었다.

그분은 '귀신 잡는 해병'의 원조이셨다. 6·25전쟁 때 낙동강 전선에서 김성은 부대라고 불린 우리 해병대 1개 대대는 진동리 서방 고사리 지구 섬멸전에서 북한군의 침공을 막아냈다. 이 전투는 파죽지세로 밀고 내려오던 북괴군을 국군이 최초로 물리친 전투였다. 또 1950년 8월 17일부터 9월 11일까지 통영에서 우리나라

최초로 단독 상륙 작전을 펼쳐 북괴군 7사단 600여 명을 완전히 격멸하였다.

1950년 8월 23일에 통영 상륙 작전을 취재하러 미국 「뉴욕 타임스」의 마가렛 히긴스Marguerite Higgins 기자가 통영을 방문하였다. 그는 기습적인 양동 상륙 작전을 펼쳐 수적으로 우세한 적군을 공격하고 점령지를 되찾은 예는 일찍이 없었다며 이 작전을 높이 평가하는 기사를 썼다. 그 기사의 제목에 '귀신 잡는 해병대'라는 말이 들어간 후 이 말이 해병대를 상징하는 말이 되었다.

김성은 장관님은 나에게 "조그만 게 배포는 남자 저리가라구나. 너 남자로 태어났다면 큰일을 했겠다. 너 내 막내딸 해라"라고 말씀하셨다. 은퇴 후 시간이 많아서였는지 자주 나를 부르셨다. 그분은 맛있는 음식도 사주시고 쇼핑을 함께 하기노 했다. 내가 한 일은 그분을 따라다니며 그분의 말씀을 듣고 맛있는 음식 얻어먹고 하는 게 전부였다.

그런데 그분의 말씀은 다른 데서는 들을 수 없는 대한민국 발전사의 요약본이었다. 전쟁을 어떻게 치렀고 자신이 국방부 장관일 때 무엇을 어떻게 건설하였으며 삼성, 현대, 포항제철 등이 맨땅에서 시작해 어떻게 대기업이 될 수 있었는가 하는 등의 이야기였다. 그분은 들어주는 사람이 있으니 신나서 이야기하셨고 나는 재미있게 듣고 큰 공부가 되었다. 해병대에서 '전설의 영웅'으로 여겨지는 분을 가까이 모시며 유익한 말씀도 많이 들을 수 있었으니 나에게는 정말 영광스러운 기회였다.

고 김성은 장관님의 부탁으로 만든 감사패 문구.
이 감사패는 미 하원의원들에게 전달되었다.

학교 다니는 것마저 포기한 나는 장관님을 '신당동 아빠'라 부르며 그림자처럼 따라다녔다. 장관님은 통영에서 대 인기였다. 통영에 동상을 세우자고 나선 사람도 있었다. 통영을 탈환함으로써 6·25전쟁의 전세를 뒤집을 수 있었기 때문이다. 물론 장관님은 절대 동상을 세우지 않도록 당부 또 당부하셨다.

'신당동 아빠'는 권준혁 형님 못지않게 훌륭한 멘토셨다. 그분들은 내가 하려는 일과 그 뜻을 이해해주고 도와주려 애쓴 분들이었다. 나는 운이 좋아서였는지 쉽게 만나기 어려운 훌륭한 멘토들을 가까이 모실 수 있었다. 그분들과의 만남이 내 인생을 살만한 것으로 바꿔주었다고 생각한다. 지금 생각해도 감사할 따름이다.

2005년 나는, 나라를 위해 목숨 바친 군인의 명예를 지켜주지 못하는 대한민국에서 더 이상 살 수 없다고 판단하고 미국으로 떠났다. 그때 나의 결심을 말씀드리니 김성은 장관님께서는 무척 아쉬워하셨다.

"꼭 미국에 가야겠니?"

"네, 여기서는 못 살겠어요. 꼭 가야겠어요."

"그래, 네가 그렇게 생각한다면 어쩔 수 없지. 가서 잘 하고 힘들면 언제라도 다시 와. 굳이 참으며 거기서 살 필요 없어. 조금만 지나면 이곳에서의 상처도 아물게 될 거야. 그때 오면 되지."

"네, 그런데 아버지, 저 이런 나라에서는 못 살겠어요."

"네가 결정한 거니까 말리지는 않는다. 가라. 가서 잘 살아라."

고 김성은 장관님은 내가 미국에서 갖은 고생을 하며 힘들 때도 커다란 의지가 되어주셨다. 그런데 안타깝게도 내가 아직 미국에 있던 2007년 5월에 갑자기 돌아가셨다.

서해교전 2주기 행사

2004년 6월 29일, 서해교전이 일어난 지 2년째가 되었다. 3월부터 해군 예비역 단체에서 광화문 앞에서 제대로 추모제도 하고 시민들도 참석하는 문화 행사로 치르자는 움직임이 있었다. 나도 젊은 사람들이 남편이 한 일을 기억하고 그 의미를 되새겨볼 수 있는 행사로 준비하고 싶었다. 그런데 6월 10일 한 예비역 장성으로부터

"어렵게 됐다"라는 전화 통보를 받았다. 그는 자세한 이야기는 하지 않았지만 이유는 짐작이 갔다. 정부에서 막지 않았다면 어려울 이유가 없었다.

2주기 행사는 평택 해군 제2함대 사령부 내 서해교전 제막비 앞에서 열렸다. 아무리 참혹한 사실도 시간이 흐르면 잊힌다는 것을 이해하지만 잊히는 속도가 너무 빨랐다. 그나마 다행인 것은 서해교전이 6월, 호국 보훈의 달에 일어났다는 것이다. 다른 달에 일어났다면 그나마도 기억되지 못했을 것이다.

추모식은 개식사와 고인들에 대한 경례, 종교 의식, 노무현 대통령의 메시지 대독, 추모사, 헌화 및 분향, 조총 발사 및 묵념, 폐식사의 순으로 진행되었다. 문정일 해군참모총장을 비롯하여, 전사자 유가족과 당시 참수리 357호정에 근무했던 예비역 장병, 역대 해군 참모총장과 해병대 사령관, 해병 장병 등 150여 명이 참석하였다. 이 외의 다른 정부 행사는 없었다.

그때 전사자 유족들의 심정을 한 명 한 명 취재한 기사[11]가 보도되었다. 이 기사만 봐도 유족들이 2년 동안 어떤 심정으로 살고 있었는지 확연하게 드러난다. 고 조천형 중사의 아버지는 이렇게 속을 끓이다가 화병으로 이미 유명을 달리하셨다.

◎ 고 윤영하 소령의 아버지 윤두호 씨
추모 분위기? 미안하지만 이제 그런 거 말하고 싶지 않다. 자식 잃은 부

모 마음은 변함없는 것 아닌가? 추모해 달라고, 다른 사람에게 알아달
라고 읊어댈 필요 없는 것 아닌가? 난 다른 사람이 신경 쓰는 것 바라지
도 않고, 섭섭할 것도 없다. 작년에 추모 집회 가졌다고? 그게 추모 집
회인가? 허허, 그 정도만 해줘도 고맙다고 해야겠죠. 그만합시다. 전화
끊습니다.

◎ 고 조천형 중사의 아버지 조상근 씨
아쉬움이야 뭘, 먹고살면 되지. 때가 돌아오면 생각나고, 마음이 우울
하면 술 한 잔 먹고 잊는 거지. 생활? 어렵지. 일도 못하고. 한 달에 한
번 정도 아들 묘소를 찾는 것이 낙이다. 유족들과는 자주 만난다. 위패
가 있는 평택 제2함대 사령부에서 두 달에 한 번 정도 만나고, 대전 현
충원에서는 각자 만나고. 계처럼 모여 음식도 같이 해먹고 그런다. 서
러운 마음뿐이지. 보훈처에 유족증을 해달라니까 며느리가 있는 사람
들은 며느리가 수급자이기 때문에 안 된다고 하더라. 해군본부에서 막
내딸을 9월쯤 취업시켜 준다고 한다. 고맙지 뭘.

◎ 고 서후원 중사의 아버지 서영석 씨
겉은 멀쩡해도 속은 골병드는 거지. 나 자신을 스스로 추스르지 못해
답답하다. 속이 답답할 때는 수다라도 떨든지 해야 하는데. 자식은 가
슴에 묻는다는 말이 맞다. 다른 사람에게 얘기하면 "야, 그것도 자랑이
냐" 할 것 같아서 겁이 나서 못하겠고. 국방부와 청와대가 했던 말은 지
켜지지 않고 있다. 당시에는 전부 다 영웅이고, 교과서에 실릴 것이란

얘기도 나오지 않았나? 지나간 얘기 하면 불평불만분자로 볼 것 같아 아예 입을 닫고 있다. 비교해 보면 내 아들을 포함한 여섯 명의 용사는 너무 홀대받은 것 같다. 너무 속상하다. 서해교전 터졌을 때는 지금처럼 감사원에서 감사했었는가? 솔직한 말로 '군인은 사람이 아니다'라는 말 그대로다. 너무 외롭다. 밤 열두 시에 나가 아무도 없는 산에 올라가 펑펑 울다가, 후원이 이름을 목 놓아 부르다가 눈물 흘리고 돌아온다. 내는 니가 보고 싶어 미치겠는데, 니는 내가 안 보고 싶나.

◎ 고 황도현 중사의 아버지 황은택 씨

지금 대전 현충원이다. 추모 물결은 바라지도 않는다. 세월이 흐르는데 옛날 일만 말하고 살 수 있나? 집사람은 김선일 사건 때문에 우리 아이들 2주기가 너무 빛을 잃었다고 안타까워한다. 나도 그저 답답할 뿐이다. 전사할 때도 효순이·미선이 사건 때문에 가려지고. 지금 우리 유족들은 완전히 죄인이다. 세상 돌아가는 걸 보면 한민족이고 통일하자고 그러는데, 적들에게 목숨을 잃은 우리 자식들은 죄인이 됐다. 대한민국에서 나처럼 이북과 원수는 없다. 아버지도 빨치산에 돌아가셨고, 아들 도현이도 공산주의자들 때문에 잃었다. 지금 초등학교 아이들은 이북을 친구라고 환영하고, 미국을 적이라며 물러가라고 한다. 이북에 있는 김정일이가 무서운 것이 아니라 북한을 친구라고 말하는 남한 사람들이 더 무섭다. 우리 아들을 포함해 그 많은 사람의 피로 이 나라가 세워진 것을 모르는지, 어떻게 그런 말들을 할 수 있는지. 세상은 너무 불공평하다. 우리 아이들이 죽었을 때 어느 누구도 사과하는 사람 없었다.

이라크 가서 죽은 사람에게는 수천 명씩 가서 조문하고……. 현충원에 있는 아들을 남양주로 데려가려고 한다. 현충원에 있을 필요가 없다. 여기 있으면 죄인이다.

◎ 고 박동혁 병장의 아버지 박남준 씨

2주기를 맞은 소감? 그걸 뭐 내 입장에서는 뭐라고 말할 것이 없다. 간 자식이 그리워서 정동진, 같이 다니던 낚시터 등 두루두루 다니면서 동혁이의 추억 부스러기를 주워 담는다. 현충원에 매달 가서 유족들끼리 식사도 하고 그런다. 유족은 대부분 두문불출하고 대인기피증에 빠져 있다고 한다. 그날 하루 모여 여섯 가족이 서로 간에 마음 터놓는 것이 전부다. 조국에 몸 바친 아들인데, 자랑스럽게 생각한다. 현충원에 보면 안전사고로 인한 사망도 부지기수인데 내 아들은 자랑스럽게 전시했다. 그걸로 만족한다. 진짜 속마음? 혼자 썩는 것이다. 어찌 말로 다 설명할 수 있을까. 동혁이 엄마는 하루 웃었다 하루 울었다, 정신병자처럼 살고 있다. 집에 혼자 있으면 울고 그래서 지난해 7월부터 나도 일손을 놓았다. 하던 일 작파하고 전국 유람시켜 주면 끝나려니 했는데, 지금도 (울고 웃고) 그런다. 환장할 노릇이다. 그동안 건축해서 벌어놓은 것 까먹고 있다.

우스터 행사에 초청받아 다녀오다

2주기 행사를 마친 2004년 7월 다시 미국 우스터로 갔다. 정전협정을 했던 날인 7월 27일 매사추세츠 우스터에서 추모 행사가 있었는데 한국전 참전 기념탑 건립위원회 회원들이 나를 초청한 것이다. 그분들은 비행기 표까지 보내줬다. 우리나라 사람들보다 미국 사람들이 오히려 더 나를 기억해 주었다. 그것도 대한민국이 싫어지도록 만드는 일들이었다. 그때부터 나는 우리나라를 떠날 마음의 준비를 하고 있었다.

7월 27일 미국의 지역 신문인 「WORCESTERWOR」 지에 이 행사에 대한 기사가 실렸다. 기사 내용은 다음과 같다.

―

> 우스터에서는 오늘 하루 비가 내릴 것으로 예상됨에도 불구하고, 센트럴 매사추세츠 한국전 참전 기념비에서는 한국전쟁 당시 전사자와 실종자를 추모하는 행사가 열릴 예정이다.
>
> 1953년 7월 27일, UN, 중국, 북한은 교전 상태를 종결하는 휴전협정을 맺었다. 센트럴 매사추세츠 한국전 참전 기념탑 건립위원회 부회장인 프랜시스 R. 캐럴은 "우리 군인들은 비를 맞으며 싸우고 죽었기에, 우리가 느끼는 바는 매우 강합니다. 그리고 우리는 앞으로 계속 전진할 것입니다. …… 한국전에서 싸웠던 군인 중 8천 명 이상이 아직도 실종 상태입니다. 우리는 사람들이 이 사실을 기억해 주길 바랍니다. ……

이 기념비는 지난 11월 9일에 헌정했습니다. 그 날은 매우 추웠지만 작전을 수행해 나가고 있었죠. …… 그래서 전통적으로 우리는 행사를 비 오는 날 진행하는 게 좋겠다고 생각합니다"라고 말했다. 이 행사는 한국의 휴전협정 51주년 기념행사이다. 하지만 캐럴은 이보다 더 중요한 건 아직도 실종 상태인 8천1백 명의 군인과 전쟁 중 전사한 191명의 우스터 참전 용사들을 추모하는 것이라 했다.

오전 열한 시에 우스터 중심에 있는 한국전 기념비에서 열리는 행사 참가자들을 위해 여행 보험회사와 우스터의 소규모 사업자국이 100개의 우산을 기증했다.

실종자들을 기리는 특별 추모식은 퇴역 미 공군 대령 헨리 크루(Henry Cyr)의 지휘 아래 번코트(Burncoat) 고등학교 ROTC 생도들이 거행할 예정이나. 이라크에서 임무를 수행하고 막 돌아온 우스디 25해병대 기수들도 참석할 것이다. 또 미 해병대 사령관 로버트 스테드맨(Robert Steadman)의 지휘 아래 우스터 파견 미 해병대가 스물한 발의 예포를 쏠 것이다.

또한 2002년 서해에서 북한의 공격을 받고 초계정이 침몰하면서 전사한 여섯 명의 한국군을 추모하기 위한 벽돌 쌓기 행사도 열릴 것이다. 센트럴 매사추세츠 한국전 참전 기념탑 건립위원회는 여섯 명의 한국군 전사자 유가족들과 긴밀한 관계를 맺고 있다. 전사자 중 한 명의 부인인 김한나 씨는 2003년 추모 헌정 행사에 참가했었고, 이번 행사에도 참가하기 위해 다시 미국에 왔다. 한국군 전사자들을 기리기 위한 다섯 개의 벽돌이 그녀의 남편을 추모하는 벽돌과 함께 놓일 것이다.

고 한상국 상사 외 다섯 명의 이름이 새겨진 첫 추모 벽돌.

김 씨와 그녀가 속한 서해교전 유가족회는 기념비 세우는 데 1천5백 달러를 기부했고, 한국의 많은 종교 단체와 개인이 기념관에 동상을 건립할 수 있도록 5만 달러를 기부했다. 조각가 로버트 쉬어(Robert Shure)에 의해 조각될 이 동상은 미군과 한국 소년의 모습이다. 캐럴은 "이는 아마도 제가 아는 바, 인도주의적 목적을 반영하는 유일한 한국 전 기념비입니다"라고 말했다. 캐럴은 이 조각상이 한국전쟁 당시 미군이 구한 10만 명의 고아들을 기념하는 데 있어 매우 뜻깊은 의미를 지닌다고 말했다.

캐럴은, 군인들이 정기적으로 급료의 일부를 떼서 한국 고아들을 도왔으며, 14세 이상의 한국 소년들은 야전에서 미군들과 함께 일하거나 탄약을 나르기도 했다고 말했다. 캐럴은 "덕분에 미군들과 한국 소년들 사이는 매우 긴밀한 관계가 되었지요. 이 소년들과 함께 일했던 참전군들의 말을 들어보면, 정말 많은 얘기가 있습니다. 우리는 이 동상의 미

군과 한국 소년의 얼굴에서 이러한 이야기들이 투영되길 바랍니다"라
고 덧붙였다.

미국의 할아버지들은 늘 나를 칭찬하셨다. 나는 한 일이 별로 없
는데 어떻게 그렇게 많은 칭찬을 받았는지 어리둥절해질 지경이
었다. 행사가 끝난 후 캐럴 할아버지는 내가 한 달 동안 미국 내에
서 몇 곳을 돌아볼 수 있도록 주선해주셨다. 캐럴 할아버지는 민주
당이나 공화당을 가리지 않고 많은 돈을 정당에 기부하신다고 했
다. 그래서인지 할아버지의 영향력은 대단했다. 덕분에 나는 우스
터 지역 민주당 하원의원인 제임스 맥거번James P. McGovern 의원의
안내를 받으며 관광할 수 있었다. 미국 연방 하원의원이 나의 가이
드로 나선 것이다. 그와 함께 워싱턴에 가서 백악관 등 주요 기관
을 둘러봤다. 내 평생 그런 호사는 정말 처음이었던 듯하다.

미국 하원의 제임스 맥거번 의원으로부터 받은 성조기. ⓒ윤상구

남편의 모습을 만들어준 대학생

2005년 3월쯤, 추모본부로부터 고마운 소식이 들려왔다. 당시 국민대학교 미술학부(입체미술전공) 4학년에 재학 중이던 남도현 학생이 남편의 모습을 주제로 전시를 하고 싶다며 양해를 구해왔다는 것이다. 당시 그는 6월 9일부터 6월 13일까지 열리는 교내 전시회에 낼 작품을 준비 중이었다. 학기 초부터 전시 주제를 찾다가 서해교전에 대해 조사하게 되었고 그것을 모티브로 잡아 작품을 제작하며 나에게 연락을 해온 것이다.

그는 전시를 준비하면서 친구들이나 주변인 대부분이 서해교전 자체를 아예 몰랐고, 안다고 해도 무관심하거나 정치적으로만 이해하려고 한다는 것을 알게 되었다. 그는 그 점이 무척 안타까웠다고 했다. 나는 기꺼이 남도현 학생과 만나 감사의 뜻을 전했고 작품을 만드는 데 도움을 주기 위해 추모본부 관계자와도 연결해주었다.

전시가 열리기 며칠 전 추모본부에서 관련 사진과 배지를 보내주었던 모양이다. 그때 그는 자신의 전시가 정치적인 것으로 비치면 어떡하나 덜컥 겁이 났다고 했다. 그는 지도 교수에게 자신의 고민을 털어놨다. 그 교수님은 "모든 자료를 동원해서 전시를 해라. 그래야만 네가 업혀 있는 사람들에게 힘이 되는 것이고, 그 사람들을 업고 있는 네게 힘이 되는 것이다. 정치적인 부분을 걱정하지 마라. 네 진실이 순수하다면 사람들은 옳게 판단할 수 있을 것

참수리호의 조타기를 움켜쥐고 있는 고 한상국 상사의 모습이 재현된 남도현 학생의 작품.

이다"라고 조언했다고 한다. 지금 생각해보면 그 교수님도 참 고마운 분이다. 남도현 학생이 자신의 순수한 생각을 마음껏 펼칠 수 있도록 용기를 주었으니 말이다.

이후 남도현 학생의 마음속에서 사라지지 않는 질문이 있었다고 한다. 그것은 '나는 무엇인가를 위해 목숨을 걸어본 적이 있었는가?'라는 것이었다고 한다. 질문의 답을 구하던 그의 머릿속에 스쳐가는 생각들이 있었다고 했다.

'우리가 절대로 간과하지 말아야 될 것은 가슴으로 파고든 총탄의 고통과, 낯선 곳에서 치솟는 피를 보며 공포와 목숨에 대한 절망, 막연히 떠오르는 부모님과 아내와 자식의 얼굴을 뒤로한 채,

그들이 '무엇'을 지켜야 했냐는 것이다. 그렇게 목숨을 걸고 혹은 목숨과 바꿔서 그들이 지키려고 했던 그 '무엇'을 우리는 각자의 위치에서 스스로 납득할 수 있는 모양으로 반드시 기억해야 할 것이다.'

이런 생각 끝에 그는 자신의 작품에 나라를 위해 목숨을 걸고 싸웠던 전사자를 담는 일이 '옳다'라고 확신하게 되었다고 했다.

남도현 학생은 전시장의 모습과 관람객들의 반응에 대해서도 게시판에 알려주었다. 작품을 한참 들여다본 학생들은 이렇게 한 마디씩을 던졌다고 한다.

"저런 일이 있었어? 저 사람들 죽은 거야?"

"이 배에 빨간 칠은 뭐야?"

"진짜 총 쏘고 대포 쏘고 그런 거야?"

수위 아저씨도, 관리인 아주머니도, 매점 아주머니도 와서 말없이 보다가 고개를 끄덕이며 갔다고 했다. 해군 출신인 단골 식당 주인아저씨가 작품 앞에 놓고 간 소주 한 병과 초코파이 사진도 게시판에 올렸다. 그 아저씨는 방향타를 잡은 채 숨진 남편을 형상화한 작품 앞에 술병을 놓고 절을 하고 갔다고 했다.

남편을 형상화한 작품의 사진을 봤을 때 기분이 참 묘했다. 그렇게 기억하고 만들어 준 것까지는 고마운 일임에 틀림없다. 하지만 그 작품 사진을 보고 난 후 나는 형체 모를 마음에 다소 울적해졌다. 2002년 해군에게 남편의 죽음의 순간에 대해 얘기는 들었지만 참수리호 등 배의 내부 모습을 잘 모르던 나는 그 모습을 제대로 떠올릴 수 없었다. 그래서 막연한 상상만 하고 있었다. 그런데 남편의 마지막 모습을 형상화한 작품을 통해 그의 고통이 더 현실적으로 받아들여지고 그의 죽음이 더욱 절실하게 다가왔던 것이다.

남도현 학생은 정중하고 진중한 청년이었다. 그는 추모본부 카페 게시판에 "작업의 모티브 상 한 중사님만 표현하게 됐습니다만, 결코 다른 분들의 죽음을 소홀히 생각하고 있지는 않습니다. 여섯 분 모두 말로 설명할 수 없는 명예로운 일을 하셨으며, 그들이 지키고 간 대한민국의 한 젊은이가 소중한 시간을 바쳐서 그들을 돌이켜 보는 자리를 만들었다는 것을 자랑스럽게 생각해 주시기 바랍니다. 아울러 이 자리가 뜻깊은 기억이 되길 바라면서 감사의 인사를 드리겠습니다"라는 글을 써서 혹시라도 섭섭해할 수도 있는 다른 유족들에 대한 배려도 잊지 않았다. 이미 미국으로 떠난 후라 전시회에 가보지 못한 나에 대해서도 "부군의 모습을 담는 데 선뜻 응해 주신 김한나 씨에게도 깊은 감사를 드립니다. 부디 먼 타향에서도 용기를 잃지 않고 사시기 바랍니다"라고 썼다.

나의 심정과 상관없이 그렇게 기억해주고 또 작품으로까지 만들었다는 것은 무척 고마운 일이었다. 하지만 달리 보답할 방법이 없었다. 그래서 내가 알고 있던 여러 매체에 이 사실의 보도를 부탁했다. 그 덕인지 남도현 학생의 전시에 대해서는 연합뉴스, 월간조선, 조선일보 등 여러 매체에 보도되었다. 다음은 연합뉴스에 실린 기사[12]이다.

국민대 미술학부 입체미술전공 4학년에 다니는 남도현(26) 씨는 9일 교내에서 열린 개인전 프로젝트에 한 중사의 모습을 표현한 작품을 전시했다. 합성수지로 만든 이 작품의 제목은 '절대로 잊어서는 안 된다'로 참수리호의 조타장이었던 한 중사가 총에 맞아 쓰러지면서도 오른손으로 조타기를 움켜쥐고 있는 모습을 재현했다.

남 씨는 "사회성 있는 소재를 택해 작품을 만들어 보라는 과제가 있어 평소 관심이 있었던 한 중사를 표현하려고 했다"라고 제작 동기를 설명했다. 남 씨는 "한 중사는 총에 맞은 상태에서 끝까지 조타기를 돌려 북쪽으로 가는 배를 남쪽으로 향하게 했고 서해교전 한 달여 뒤 조타실에서 시신이 발견됐다'며 '한 중사의 이야기를 듣고 깊은 인상을 받았다"라고 말했다. …… 남 씨는 한 중사의 부인인 김한나 씨를 직접 만나 생전에 한 중사의 모습을 전해 들었고 그 느낌을 그대로 살려 3개월 전 작품 제작을 시작했다.……

2006년 겨울 내가 미국에 있을 때 남도현 학생과 만난 적이 있다. 그때 그는 정말 뜻밖의 이야기를 했다. 그는 어린 시절 친어머니를 여의고 새어머니 손에 자랐다고 한다. 그 후 생모의 외가와 소식이 끊겼었는데 외삼촌이 월간조선 기사를 보고 그에게 연락을 해왔다는 것이다. 미국 뉴저지에 살던 외할머니와 외삼촌이 그를 보고 싶다며 비행기 표를 보내줬고 그래서 미국에 오게 되었다고 했다. 그는 내게 진심으로 감사의 인사를 했다.

"제 평생 잊을 수 없는 가장 큰 선물이 되었습니다. 감사합니다."

"나도 고맙습니다. 이런 드라마틱한 이야기가 어떻게 실화일까요? 정말 신기하네요."

더 신기한 것은 그 외삼촌이 월간조선 독자가 아니었는데 그날 따라 서점에서 월간조선이 유난히 눈에 띄더라는 것이다. 무심코 펼쳐보던 외삼촌은 '남도현'이라는 이름을 발견했고 곧이어 사진을 보고 수년 전에 헤어진 조카임을 확인했다. 그는 월간조선에 연락하여 남도현 학생의 연락처를 알아냈다고 한다. 그렇게 미국 뉴욕에 오게 된 그는 추모본부 카페를 통해 알게 된 내 이메일 주소로 메일을 보냈다. 미국에서의 그와의 만남은 이렇게 이뤄졌다.

그의 자초지종 이야기를 들은 나는 뭔가 이 모든 일을 조정하고 만들어내는 보이지 않는 힘이 있는 것 아닐까 하는 생각까지 했다. 남도현 학생의 이야기는 그런 생각을 할 만큼 신기하고 놀라웠다. 이는 우연을 가장한 필연인 듯도 했다.

그는 정성껏 키워주신 새어머니의 마음이 상하지 않도록 친구가 표를 보내줬다고 선의의 거짓말을 하고 왔다고 얘기했다. 역시 배려심 넘치는 청년이었다. 그때 나는 그에게 많은 것을 배웠다. 특히 그의 배려하는 마음과 따뜻한 인성은 내가 가장 많이 배워야 할 점이었다. 그때까지 나는 그저 내키는 대로 사람들에게 직설적으로 악담을 내뱉고 내 감정을 주저하지 않고 쏟아내고 있었다.

어쨌든 다 고마운 일이었다. 그가 남편의 모습을 작품으로 만들어준 것도, 여러 매체에서 그의 기사를 게재해준 것도, 나로 인해 그가 외가와 소식이 이어진 것도, 내가 그에게서 많은 것을 배울 수 있었던 것도 모두 고마운 일이었다.

부조리와 불합리로부터의 탈출

나는 해군의 도움을 받았으니 해군에게 그 은혜를 갚고 싶다. 그러려면 해군의 발전을 위해 힘써야 한다고 생각했다. 그 발전을 위해 여러 아이디어를 내고 실천하려고 노력한다. 그걸 왜 내가 하냐고? 그건 내가 부조리와 불합리를 뼈저리게 경험했고, 그래서 '개선'해야 할 점을 잘 알고 있기 때문이다.

2005년 4월, 그 부조리와 불합리가 나를 다시 대한민국으로부터 탈출하도록 만들었다. 3주기를 두 달 앞둔 때였다. 내가 바란 것은 경제적 보상이 아니라, 나라를 지키다 순국한 사람들에 대한 정부와 국민들의 애정이었다. 그런데 3년 동안 정말 실망스러운 일만 일어났다. 정부의 반응은 처음부터 시들했다. 그나마 있던 그 작은 관심은 1년도 채 안 돼 거의 사라져버렸다. 북한 총탄에 맞아 벌집이 된 참수리 357호를 용산 전쟁기념관으로 옮겨달라는 나의 요청은 묵살됐다. 나의 요구는 '나라를 위해 숨겨간 사람들이 있었다'라는 사실을 사람들이 알게 해달라는 것이었다. 그러나 그 요구는 번번이 메아리 없는 외침이 되었다.

1주기, 2주기 행사 때도 정부 고위 관계자들의 모습은 찾아볼 수 없었다. 아니 위로의 편지 한 장 없었다. 2002년 서해교전 당시부터 그해 말까지 미군 장갑차에 치여 죽은 여중생들을 추모하는 촛불집회가 전국에서 일어났다. 수많은 시민단체가 그 집회에 참여했다. 그중에 우리를 돕겠다고 나선 곳은 거의 없었다. 서해교전 2주기 즈음에 이라크에서 인질로 잡혔던 김선일 씨가 피살되었다. 온 나라가 발칵 뒤집혔다. 그의 영결식에는 정·관계 인사들을 비롯한 5천여 명의 추모 인파가 모였다. 안타까운 죽음이고 가슴 아픈 일이었다. 하지만 그 와중에도 그에 비해 나라를 지키다 숨진 서해교전의 전사자들에 대한 추모는 어떠했는지 생각하지 않을 수 없었다.

서해교전 유족들은 3년 동안 큰소리로 울지도 못했다. 정부 관계자들은 햇볕정책으로 막 무르익어가는 남북 화해 분위기를 깨지 않으려 우리 유족들에게 "조용히 있어달라"라고 경고도 했다. 2005년 4월 한 신문 사설[13]에 실린 것처럼 "대한민국은 조국의 명을 받고, 조국을 위해 싸우다 산화한 장병들을 추모하지 않는 나라, 또 그들에게 이유 없이 총탄을 쏘고 목숨을 앗아간 적의 심기를 건드릴까 걱정해 유족들을 조용히 있게 만드는 나라"였다. 한 유족은 "적들에게 목숨을 잃은 우리 자식들이 남북한 화해 분위기를 망치는 죄인처럼 취급받고 있다"라고 말했다.

사람들이 생각한 것처럼 '돈을 더 받기 위해서'가 아니었다. 명예를 회복시켜달라고 했다. 비교할 건 아니지만 2002년 월드컵 대회 출전 선수들은 병역 혜택에 2급 훈장을 받았는데, 나라를 위해 목숨을 바친 젊은이들에게는 3·4급 훈장이 주어졌다. 북한에 햇볕 정책을 추진하는 과정에서 생긴 일이다.

내가 미국에 살고 있던 2006년, 노무현 대통령은 "군대 가서 몇 년씩 썩히지 말자"라는 말을 했다. 이 발언이 말썽을 일으키자 청와대에서는 "흔히 시중에서 표현되는 용어를 그대로 인용해 사용한 것"[14]이라며 군 복무를 폄하한 것이 아니라고 서둘러 해명했다. 물론 이 발언은 내가 미국으로 떠난 후에 나온 것이다. 하지만 "군대에서 썩는다"라는 생각을 가진 사람이 군 통수권자로 있는, 그런 사람들이 정권을 잡은 대한민국에서 군인의, 전사자의 명예를 기대하는 것은 애당초 어리석은 일로 보였다.

그때까지 내가 자꾸 불만을 얘기해서인가. 수사기관에선 수시로 찾아와 근황을 물었다. 미행과 도청도 한 것 같았다. 누군가를 만나고 오면 그들은 내가 누굴 만났는지 알고 있었다. 전화도 자주 끊겼다. 이유는 알 수 없지만 그들은 나를 감시하고 있었다. 아니 나뿐만이 아니었다. 박동혁 병장의 아버지도 감시당하고 있다는 이야기[15]를 했다. 아마도 대중 앞에 나와서 뭔가 자꾸 얘기하는 유족들을 감시하고 있었던 모양이었다. 모르는 사람은 내가 소설 쓴다고 말할지도 모른다. 또 그게 무슨 대수냐고 생각할지도 모른다. 하지만 안 당해 본 사람은 모른다. 그 과정에서 느껴지는 좌절감도 나를 끊임없이 괴롭혔다.

'이런 나라에서 어떻게 살 수 있을까? 군인은 명예를 먹고사는 직업인데 이런 상황에서 나라 위해 목숨 바칠 군인들이 얼마나 있겠는가? 이런 나라에 어떻게 살 수 있을까?'

게다가 허드렛일 구하기도 힘들어 당장 먹고살기가 팍팍했다. 사람들이 나를 두고 뒤에서 수군거리는 통에 어디 가서 제대로 발을 붙일 수도 없었다. 감시보다는 오히려 이런 점이 더 힘들었다. 나는 아무것도 할 수 없다는 좌절감에 빠졌고 심신은 지칠 대로 지쳐 있었다. 돌파구가 필요했다.

"이렇게 살 수는 없어."

결국 나는 나를 알아보는 사람이 없는 미국에 가서 일을 하기로 마음먹었다.

나는 나라를 버린 적이 없다

언니가 사는 캐나다가 아닌 미국으로 행선지를 정했다. 추운 것도 싫었지만 군인에 대한 미국 사람들의 태도가 나를 그곳으로 이끌었다. 우스터 시의 노병들은 물론, 비자를 내주던 대사관 영사, 금속 배지를 흔쾌히 통과시켜준 보스턴 세관 직원 등 미국인의 군인에 대한 예우는 곳곳에서 경험할 수 있었다. 북한과 협상할 기회만 있으면 한국전 전사자 유골 발굴 문제를 거론하는 미국 정부의 태도도 우리 정부와는 너무도 큰 차이가 났다. 장례식 때와 1·2주기 행사를 전후하여 유족들에게 위로 편지를 보내준 사람도 우리 정부 관리가 아니라 주한 미군의 러포트 사령관이었다.

미국 중에서도 뉴욕을 선택한 이유는 자가용 없이 버스나 전철 같은 대중교통만으로 살 수 있는 곳이었기 때문이다. 일부 언론에서는 내가 이민을 갔다고 보도[16]했지만 당시 나는 이민 절차를 밟지 않았다. 그때는 그저 당장 떠나고 싶은 마음밖에 없었다. 2003년 처음 미국에 갈 때 10년짜리 비자를 받아놓았기 때문에 돌아올 기약도 없이 훌쩍 떠날 수 있었다.

2005년 4월 24일 나는 "오늘 대다수 국민의 건강한 삶은 조국을 위해 목숨을 바친 희생자들이 있었기에 가능한 것이라고 생각합니다. 전사·부상 군인들에 대한 무관심과 냉대가 계속된다면 과연 어느 병사가 전쟁터에서 목숨을 던지겠습니까. 더 이상 얘기 안 하겠습니다"라는 말을 남기고 비행기에 올랐다. 울지 않으려 애썼지만 눈물은 쉬지 않고 뺨 위로 흘러내렸다.

다음은 출국 직전 신문 1면에 실린 기사[17]이다.

2002년 남북한이 해상 충돌한 서해교전 때 남편 한상국(韓相國) 중사를 잃은 김한나(33) 씨가 24일 한국을 떠난다. 서해교전 전사자 추모본부 대표(cafe.daum.net/pkm357)를 맡았던 그녀는 최근 학원을 다니며 손톱을 다듬어주는 네일아트를 배웠다. 미국에서 취업하기가 쉽다고 해서다. 홀로 가는 불안한 미국행(行)이지만, 한국에 남아 있는 고통이 그녀에겐 너무 컸다.

그녀는 출국 직전 기자와 만났다. 처음엔 한사코 인터뷰를 거부하던 그녀는 말문을 열자 가슴 속에 묻어둔 얘기들을 하나둘씩 꺼냈다. "나라를 위해 간 분을 홀대하는 것은 (나라가) 썩은 거 아닙니까?" 그녀는 "(전사자들의) 명예 회복을 위해 노력했는데 영 아니더라고요. 내가 할 수 있는 게 없었어요"라고 말했다. 김 씨가 대표를 맡은 추모본부엔 3,500여 명이 동참했으나 얼마 전부터 활동이 수그러들었다.

"침몰했던 배(해군 고속정 참수리호)를 전쟁기념관에 옮겨 달라고 했는데 제2함대에 그대로 남아 있어요. 작년엔 정부 고위 관계자가 (추모본부는) 행동하지 말라고 해 너무 서러웠어요. 2002년 장례식 때는 민간인도 못 들어오게 했으니까요. 영웅인데도 영웅 대접을 못 받은 것은 분명 잘못 아닙니까."

그녀의 목소리 톤은 높아졌다. 눈물을 흘리기도 했다.

"이런 희생이 있는데도 왜 북한에 할 말도 못하고 사과도 못 받고 그럽니까. 군 통수권자가 군인의 말을 믿지 않는 게 문제입니다. 정치적인 분위기 때문에 할 말도 다 못하지만."

김 씨는 그동안 유품으로 간직하고 있던 남편의 타다 담은 휴대폰과 샤프, 신분증을 가끔씩 꺼내봤다.

서러울 때마다 유품들을 보고 울었어요. 울고 나면 그나마 속이 시원했죠."

커플링으로 만든 결혼반지는 3년 전 이미 국립묘지에 함께 묻었다.

"남편이 꿈에 많이 나타났습니다. 아무 말 안하고 씩 웃기만 하죠. 남편이 불쌍해요. 이제 잊으려는데 잊을 수 있을지?"

그녀는 "남편이 41일 동안 바다 밑에 있었어요. 아무리 생각해도 (늦게 사체를 인양한 정부가) 이해는 되나 용서는 안 됐습니다. 지금은 용서를 하지만 절대 잊을 수는 없어요"라고 했다. 한 중사는 서해교전 41일 만에 바다 속에서 사체로 발견됐다. 김 씨가 한 중사와 만난 것은 2000년 말이었다. 2002년 가을 결혼식을 앞두고 한 중사가 전사한 것이다.

김 씨는 "남편이 적의 포탄을 피하기 위해 배의 조타기를 잡고 있었을 모습을 떠올리며, '도대체 나라가 뭐길래' 하는 생각을 했어요"라고 말했다.

김 씨는 개인적인 마음고생도 심했다고 했다. "조울증과 우울증으로 자살 생각도 여러 번 했어요. 함선이 벌집이 되고 포탄이 사방으로 떨어지는 악몽에도 시달렸죠. 한차례 자살 시도까지 했어요. 저는 이미 밑으로 떨어질 만큼 떨어진 상태입니다. 앞으로는 힘을 내고 싶습니다."

김 씨는 어렸을 때 군인이 되는 게 꿈이었다. 실제로 군대에 지원도 했었다. 김 씨는 1992년부터 2000년까지 모 종합병원에서 간호보조사로 근무했다. 그녀는 "이번에 가면 오는 6월에 열릴 예정인 서해교전 희생자 추모 3주기 행사에도 가지 않을 것"이라고 말했다.

미국에 도착해서야 기사가 게재된 것을 알았다. 이 기사의 반향은 무척 컸다. 이 기사 때문에 나는 미국에서도 엄청나게 많은 비난을 받았다. 한인들에게 "네까짓 게 뭔데 나라를 버리고 왔느냐?" 라는 얘기도 들었다.

"나는 나라를 버린 적이 없다. 허심탄회하게 속마음을 얘기하다 보니 그런 얘기가 나온 거다. 내가 말을 잘못 했을 수도 있다. 하지만 내 마음은 그게 아니다. 내가 나라를 왜 버리느냐. 내 남편이 지키려 목숨까지 바쳤던 나라를 내가 왜 버리겠느냐. 다만 지금의 정권이 군인의 병예 회복에는 노움을 주시 않고 오히려 유가족을 삼시하는 등 힘들게 했다. 그래서 일자리도 구하지 못해 먹고 살 수가 없어서 미국에 온 거다."

변명도 해봤지만 소용이 없었다. 미국에 사는 한인들은 자신들도 대한민국을 떠났으면서 나에게 사정없이 욕을 해댔다. 좌파 성향을 가진 교민들은 김대중·노무현 정부에 불만을 가졌다는 점 때문에 나를 비난했다. 우파 성향을 가진 교민들은 '나라를 버렸다' 라는 말에 분개했다. 물론 모든 교민이 다 나를 비난한 건 아니었다. 나를 '불쌍한 여자'로 보는 사람들도 있었다. 그런 사람을 만나도 속상하기는 마찬가지였다. 그저 나를 내버려 두었으면 하는 마음뿐이었다.

외롭고 고단했던 미국 생활

미국으로 떠날 때 내 수중에는 단돈 500달러밖에 없었다. 그러니 미국에서의 삶은 당연히 고달플 수밖에 없었다. 그동안 한국에서 너무도 많은 실망을 하고 나름 시달림도 많이 받았던 터라 미국에서는 한국 사람이 없는 한적한 시골에 가서 살고 싶었다. 하지만 자가용을 살 형편도 못되었고 무엇보다 일을 해야 했다. 그래서 대중교통 이용이 편리하고 고용의 기회가 많은 대도시 뉴욕을 택할 수밖에 없었다.

물론 뉴욕에 사는 동안 한국인들의 도움을 많이 받았다. 생각해보면 내가 무슨 수로 남의 나라인 미국에서 쉽게 홀로서기를 할 수 있었겠는가. 어떤 고난이 닥치더라도 한국 사람에게는 아쉬운 소리 하지 않겠다던 각오와 다짐은 내게 어떤 난관이 닥칠지 제대로 예측하지 못했던 섣부른 것들이었다.

오히려 내게 많은 힘이 되어줄 것이라 생각했던 미군 참전 용사 할아버지들께는 도움을 요청하지 못했다. 미국에 도착했다고 그분들께 연락은 했지만 차마 도와달라고 하지는 못했다. 그분들께서 도와주겠다고 하실 때도 정중히 사절했다. 그분들께는 초라한 모습보다는 의연한 모습을 보이고 싶었다. 나는 나라를 지키다 명예롭게 세상을 떠난 전사자의 아내이다. 그것을 알아주는 분들께는 그 명예에 걸맞게 품위 있는 사람으로 보이고 싶었다. 그분들 앞에서는 '백조'가 되기로 했다. 물 위에 고고하게 떠다니는 것 같지만 물 아래에서는 쉼 없이 물장구를 치지 않으면 안 되는 백조.

미국에서의 삶은 정말 힘들고 팍팍했다. 네일숍 직원, 사무실 청소부, 식당의 접시닦이, 식품점의 점원, 잡화 도매상 사무원 등 웬만한 막노동은 가리지 않고 다 했다. 하루하루가 먹고살기 위한 전쟁의 연속이었다. 먹고살기 바쁘니 다른 잡생각을 할 겨를이 없었다.

처음에는 주거도 불안정했다. 집을 구할 때까지 언니 친구의 집에서 한두 달 지내기로 했었다. 그런데 하필이면 그 언니 친구가 잠시 한국의 친정에 다녀 오게 되어 그분의 남편하고만 지내는 상황이 되었다. 불편하기도 했고 오해를 받을 수도 있다는 생각에 곧바로 그 집에서 나왔다. 다음에는 여자들끼리 방을 나누어 쓰는 집으로 들어갔다. 그곳에서 첫 일자리도 구했다.

그런데 한국 신문을 본 사람이라면 대부분 내가 누구인지 알아보았다. 그중 일부는 나를 심하게 비난했다. 그들이 하는 비난의 시작은 대개 "네까짓 게 뭔데 나라를 버리고 왔느냐"라는 것이었다.

물론 나를 이해하고 큰 도움을 준 분들도 계셨다. 어느 날은 한인회 사무실에 청소하는 사람을 구한다는 광고가 붙어 있어 그것을 보고 연락하고 갔더니 그 회사의 사장님이 나를 알아보고 기꺼이 채용해주셨다. 그때 나는 무척 작고 마른 체격이었다. 힘이 있어야 청소를 하고 쓰레기통도 비울 텐데 그 정도의 힘도 없었던 것이다. 그런데도 그분은 내게 일을 주셨다. 주로 사무실 직원들이 퇴근한 저녁 6시부터 자정까지 청소 일을 했다. 유대인 변호사 사무실, 차이나타운 은행 등을 주로 맡아 청소했다. 또 도서관 등 넓은 곳을 청소할 때는 여러 명이 함께 가서 일을 하기도 했다. 힘은 들었지만 나름 재미도 있었다. 어울려 함께 일할 수 있는 동료들이 있다는 것이 내게 위안을 주었다.

차이나타운에 체이스 뱅크라는 중국인 은행이 있었는데 그곳의 중국인 집사 아저씨가 특히 기억에 남는다. 그 아저씨는 어떻게 거기에 오게 되었는지 내게 물었다. 당시 나는 영어도 제대로 못하던 때였는데 주섬주섬 자초지종을 얘기했다. 남편의 이야기를 들은 아저씨는 무척 친절하고 점잖게 대해 주셨고 일도 많이 도와주셨다. 내 키만 한 쓰레기통을 거꾸로 들어 비워야 할 때도 있었는데 아저씨가 도와주셔서 쉽게 일할 수 있었다. 그 일터를 그만둘 때 아저씨에게 감사하다고 말했더니 그는 초콜릿을 선물로 주며 격려해주었다.

"수고했어요. 용기 잃지 말고 잘 살아요."

지금도 아저씨의 격려와 그 초콜릿 맛을 잊을 수 없다.

미국에서의 삶의 조각들

하루 일과를 마치고 나면 펜을 들 기력도 없을 정도로 지치고 또 지쳤다. 일기 쓰기조차 힘에 부쳤다. 하지만 외롭고 고단했던 미국 생활을 글로 정리하겠다고 마음먹고 틈틈이 그날 그날을 정리

했다. 그나마 수첩에 적어놓은 메모, 휘갈겨 써놓은 쪽지들이 있어 기억을 더듬는 데 많은 도움이 되었다. 메모의 글을 다시 꺼내 보면서 나 자신을 돌아보기도 했지만 들추어내고 싶지 않은 아픈 상처들에 소금이 뿌려지는 듯해서 많이 괴롭기도 했다. 상처받고 슬프고 고단했던 나, 그럼에도 어떻게 해서든 극복하고 힘내려 무던히도 애썼던 나 자신의 모습이 마치 어제의 일처럼 생생했다.

'이제 다시 시작이다. 엄마도 오빠도 동생도, 우리 가족 아무도 여기엔 없다. 나약한 생각은 접자. 절대 쓰러지지 말고 정신 바짝 차려 꼭 살아남자. 나는 할 수 있다! 김한나 파이팅!'

미국에 도착하고 수도 없이 마음을 다잡았건만 사실은 가족들 걱정에, 나를 둘러싼 오해와 아픈 일에 마음 편할 날이 없었다.

미국에 도착한지 한 달이 되지 않은 2005년 5월 18일, 우연찮게 들어간 네일숍에서 일자리를 얻었다. 몇 년 만에 얻은 직장이라 열심히 하겠다는 각오와 긴장감을 갖고 임했지만 그로부터 한 달 조금 지난 뒤 그 직장을 그만둬야 하는 일이 생겼다. 네일숍 여자 주인에게 "죽은 남편을 팔아 돈 버는 년"이라는 악담을 들었다. 그동안 억울한 소리 참 많이 들었지만 그건 참을 수 없는 말이었다. 태어나서 처음으로 사람의 뺨을 쳤다. 몸싸움이 시작되어 나도 때린다고 때렸는데 되레 많이 맞기만 했다. 집에 가서 보니 온몸이 멍 투성이였고 마음은 더 만신창이었다. 그렇게 서럽고 억울할 수가 없었다. 그 여자가 내게 "나라 버리고 온 네가 뭐가 잘났다고 그러느냐"라고 했다. 좋을 때는 집에도 놀러 가고 하던 사이였다. 그런데 어떻게 그런 말을 입에 올릴 수 있었을까.

그 여자가 신고하여 경찰이 가게로 왔고 나는 손짓 발짓을 다 동원하여 경찰에게 자초지종을 이야기했다.

"내 남편은 한국에서 나라를 위해 싸우다 전사한 군인이다. 그런데 저 여자가 내 남편과 나를 모욕했다. 어떻게 그냥 참고 넘어갈 수 있었겠는가."

우스터의 캐럴 할아버지께 전화했더니 할아버지도 경찰에게 내 얘기를 다 해주셨다. 역시 미국은 군인의 명예를 중시하는 나라였다. 내 얘기를 들은 경찰은 그 여자 가게에 다시 가지 말라고 조용히 조언을 했다. 나도 지긋지긋한 그 가게에 다시는 안 가겠다고 했다. 그랬더니 경찰이 "좋다, 그럼 이걸로 끝내자"라고 말하고 갔다.

정말 힘들었다. 하나님께 기도했다. 제발 여섯 분의 명예를 회복시켜달라고. 당신의 아들 한상국을 기억해달라고. 41일 동안 차디찬 서해 바다 밑에서 끝까지 배를 지켰던 당신의 아들을 꼭 기억해달라고. 그리고 제발 이 가련한 딸에게 위로와 힘을 달라고.

한국에서 들려오는 이야기들

2005년 6월 29일에는 한인 거주자 다수의 플러싱Flushing에서 해군 뉴욕 동지회가 마련해준 제3주기 추모제에 참석했다. 행사가 끝나고 저녁 식사 자리에서 누군가 대한민국 해군이 나를 '또라이, 미친 여자'라고 한다고 전했다. 나를 위해서 그런 말을 전한 걸까, 아니면 나를 화나게 하려고 한 걸까? 알 수 없었다. 무슨 의도이든 당연히 기분 나빴다. 해군에서는 늘 '가족'이라고 외쳐대더니, 참 허탈하기도 했다.

숙소로 돌아와 남편의 유품을 꺼내 보았다. 불에 탄 흔적이 선명한 신분증, 군 표식 목걸이와 나에게 다정하게 전화하던 휴대폰, 뭔가를 적었을 샤프펜슬……. 그의 온기가 아련히 느껴졌다. 3년 전 그 바닷속에서 남편은 얼마나 추웠을까. 3년이 지난 그때까지 난 아무것도 해 놓은 것이 없다는 무력감에 정말 미안했다. 그저 조금만 더 기다려달라고, 당신의 명예를 꼭 회복시킬 거라고, 힘내자고, 스스로 마음을 다잡고 또 다잡을 수밖에 없었다.

내가 한국을 떠나온 그해, 2005년의 마지막 달 즈음에는 한국 SBS 방송 기자 두 명이 나를 취재하러 왔다. SBS스페셜이라는 프로그램에 '한국을 떠난 사람들'이라는 내용으로 나간다고 했다. 나는 대한민국을 완전히 떠난 것이 아니었다. 언제 돌아갈지 그땐 알 수 없었지만 잠깐 조국을 떠났던 것이지 정식으로 이민 간 것도 아니었다. 그래서 내가 취재에 응하는 것이 과연 맞는 일인지 판단이 잘 서지 않았었다. 그 방송에 인터뷰하면 마치 내가 정말 대한민국을 완전히 떠나게 되는 것이 아닐까 덜컥 우려도 됐었다. 하지만 이런 생각을 한편에 둔 채 나는 인터뷰에 응했고 다음 해 현충일 나에 대한 기사[18]가 한국 신문에 실렸다. 인터뷰에서 내가 한 말들이지만 정말 낯설기 짝이 없었다.

서해교전 유족들은 월드컵을 잊을 수 없다. 여섯 명의 젊은 장병이 연평도 근해에서 사지(死地)로 몰렸던 2002년 6월 29일, 한국은 월드컵 결승으로 흥분했다. 이 비극은 해가 다르게 잊혀 어느새 4년이 흘렀고, 서울은 다시 독일 월드컵으로 달아올랐다. 이 축제의 순간에 유족들은 다시 비극의 상처를 되새기고 있다.

서해교전에 남편을 잃은 아내는 지금 뉴욕의 수퍼마켓 계산대에 서 있다. 4년 전 북한군의 포격에 불타는 고속정 357호의 조타를 끝까지 잡았던 남편 고(故) 한상국 중사. 2002년 월드컵 결승전 전날에 벌어진 서해교전은 축제의 분위기에 어울릴 수 없는 비극이었다. 일방적으로 선전되던 남북한 화해 정책에 남북의 교전으로 여섯 명이 사망한 것은 홍보될 수 없는 사실이었다. 위로받을 수 없었던 아내 김한나(34) 씨는 작년 4월 "한국에서 일이 없다"라며 혼자 미국행 비행기에 올랐다.

그는 미국에서 손발톱을 다듬는 네일숍 종업원, 건물 청소부, 식당 직원으로 일했고, 석 달 전 한 지인의 도움으로 수퍼에서 일자리를 구했다. 오전 6시 30분에 집을 나서면 저녁 8시 퇴근 무렵까지 하루 열두 시간 이상 서 있어야 하는 힘든 일. 하지만 그녀는 "견딜 만하다"라고 말했다.

"전 그때나 지금이나 대한민국을 사랑합니다. 다만 남편의 죽음을 당당하게 알리지 못하게 했던 사람들이 미웠던 거죠."

처음엔 마음도 몸도 너무 힘들어서 며칠씩 울기만 했다는 김 씨. 그러나 어느 날 문득 '남편이 바라는 내 모습이 이건 아닐 것'이란 생각에 마음을 다잡았다고 했다. 지금도 하루 열두 시간 근무에 한 달에 150만 원 정도를 버는 빠듯한 생활이지만 김 씨는 용기를 잃지 않고 있다.

그는 6일 미국에서 두 번째 현충일을 맞는다. 올해도 그는 단출한 혼자만의 추모식을 준비하고 있다. 공휴일이 아닌 미국에서 그의 추모식은 짧다. 아침 일찍 수퍼마켓으로 출발하기 전, 남편의 유물을 꺼내놓고 기도를 올린다.

그는 현충일 하루 전인 5일, 기자와의 통화에서 남편의 죽음이 기억되길 소망했다.

"비록 오랜 시간이 지나더라도 정부가 남편의 죽음을 외면하지 않았으면 좋겠습니다. 한 젊은 청년이 나라를 위해 애쓰다 숨졌다는 사실이 오래도록, 있는 그대로 당당하게 알려질 수 있으면 좋겠습니다." 유족들의 바람은 단순했다. 자식과 남편의 죽음이 헛되지 않기를 바랄 뿐이다.

———

미국에서 사는 동안 언젠가 한 번은 갑자기 우스터에 가고 싶어 무작정 버스에 올라탄 적도 있었다. 다섯 시간 걸려 도착한 우스터 시 유니언 광장. 한국전쟁 기념 공원에서 여섯 용사의 영문 이름이 선명하게 새겨진 추모 벽돌을 보고 또 보았다. '한상국 중사, 2002년 6월 29일 서해교전에서 사망하다……' 언제 봐도 가슴이 아렸다. 참수리 357호를 보러 평택을 찾아갔던 때가 생각났다. 벗겨진 페인트, '고철 덩어리'라 말하던 사람들. 순간 용서라는 단어를 떠올려 보기도 했다. 하지만 용서는 용서고 남편이 마지막을 함께 한 참수리 357호를 반드시 용산 전쟁기념관으로 옮겨야겠다는 다짐은 변함이 없었다.

나를 살게 해준 우스터 시와 참전 용사 할아버지들

한국을 떠난 지 1년 반 동안 이사를 여덟 번이나 했다. 물 많이 쓴 다고 욕먹을까 봐 마음 편히 샤워도 못하고, 히터가 안 되는 냉방 에서 고생도 하고, 또 한 번은 에어컨 켠다고 쫓겨나고. 사기당해 지낼 곳을 빼앗긴 적도 있었고 성추행을 당할 뻔해서 바로 짐 싸 들고 나온 적도 있었다. 그래도 2006년 9월 15일, 마지막이라고 생 각하고 한 번 더 이사를 했고 그때는 내가 모았던 돈과 엄마에게 빌린 돈을 합쳐 처음으로 내 이름으로 집을 렌트했다. 무언가 작은 성취감 같은 것도 느꼈고 기분이 좋았다.

　하지만 불법 체류자라 좋은 직장은 꿈도 꿀 수 없는 신세에 봉착 했고 부당한 경우가 많았지만 어쩔 도리 없이 참고 지낼 수밖에 없 었다. 먹고사는 게 힘들었지만 그래도 감사하자고 늘 스스로를 다 독였다. 그리고 힘들었던 우울증도 극복하고 조금이라도 서운한 말을 들을 때 항상 들곤 했던 피해 의식에서 벗어나고 싶었다. 참 지 못하고 화내고, 사람들을 믿지 못하게 된 나 자신을 바꿔보고 싶었다. 자신 있는 내 모습이 그리웠다.

　2007년 6월 29일에는 워싱턴 근처에서 한국전 참전 용사인 잭

릴리Jack Lilley 할아버지를 만나 그분의 차를 타고 함께 우스터에 다녀왔다. 그곳에서 참전 용사회 부회장인 켄 스위프트 할아버지도 만났었다. 후두암 수술을 받은 지 며칠 안 됐다는 회장 프랜시스 캐럴 할아버지는 집에서 눈물이 가득 고인 눈으로 날 반겨주셨다. 이날 가을에 한국전쟁 기념 공원에서 열릴 한국전 참전 기념 동상 건립 기념식에 초청을 받았고 그해 10월 20일 우스터 시에서 거행된 동상 제막식에 참석하게 되었다. 그날은 조금 쌀쌀하긴 했지만 청명한 가을 날로 정말 많은 사람들이 모였었고 나는 가져간 배지를 나눠드렸다. 태극기와 성조기가 나란히 있고 '한국은 당신을 기억합니다', '형제애를 영원히 지켜나갑시다'라는 영문 글귀가 적힌 배지였다. 고맙다며 일일이 인사하는 참전 용사 할아버지와 가족들. 오히려 내가 더 고맙고 감사한데, 그들은 자신들을 기억해줘서 고맙다고 했었다.

이날(2007년 10월 20일) 행사는 미군 병사와 한국인 고아를 형상화한 동상의 제막식이었다. 행사가 시작돼 자리에 앉았는데 내 자리는 당시 미국 대선 때 대통령 후보로 출마한 존 케리John Kerry 상원 의원과 나란히 앉는 자리로 VIP석이었다. 우스터 시장 부부와 행사의 주역들, 왕년의 유명한 여배우, 군 관계자들, 우리 보스턴 영사관분들……. 아이들을 데리고 나와 나라를 위해 먼저 가신 분들의 숭고한 정신을 가르치는 시민들의 모습은 아직도 감동으로 남아있다.

캐럴 할아버지는 그날 나에게 인생의 선물을 안겨 주셨다. 무언가

매사추세츠 주 우스터 시 한국전 참전 기념
회에서 두 번째로 만들어준 추모 벽돌.
고 윤영하 소령, 고 한상국 상사, 고 조천형
중사, 고 황도현 중사, 고 서후원 중사, 고 박
동혁 병장의 이름이 새겨져 있다(위로부터).

를 보여주겠다며 내 손을 잡아끌었다. 바닥의 벽돌에 남편의 이름과 함께 'KIA JUNE 29, 2002 WEST SEA ENGAGEMENT(2002년 서해교전 당시 사망)'이라는 영문 대문자가 선명하게 새겨져 있었다. 나는 바닥에 앉아 한참 동안 그 벽돌에서 눈을 뗄 수가 없었다. 남편의 이름 위아래로 여섯 개의 벽돌에는 서해교전에서 숨진 다른 전사자 다섯 명의 이름도 새겨져 있었다. 참전 미군들이 남편과 서해교전 전사자를 위해 잊을 수 없는 큰 선물을 해주신 것이다. 대한민국 어디에도 서해교전 전사자 여섯 명을 이렇게 정성껏 추모하는 곳은 없었다. 미국에 살면서 힘들 땐 '우스터에 가면 남편의 이름이 새겨진 벽돌이 있지'라는 생각만 했다. 그러면 놀랍게도 다시 잘 살아야겠다는 생각이 저절로 생겨났다. 매년 추모일이면 우스터 추모 공원으로 갔다. 거기서 만난 미국 사람들은 나와 직접 관계가 없어도 나를 위로해줬다. 한국에서 위로를 조금이라도 더 받았더라면 미국으로 가진 않았을 것이다. 김대중·노무현 정부로부터는 홀대만 받았다. 사람들은 위로는커녕 사건이 의도적인가 우발적인가 따지기만 했다. 정부나 해군이나 일반 국민이나 양상은 크게 다르지 않았다.

후두암 때문에 성대 절제 수술을 받으셨던 캐럴 할아버지는 목에 특수 음성기를 달고 행사장에서 숨이 찬, 그러나 힘 있는 목소리로 "한국전쟁을 잊힌 전쟁이라고 하지만, 참전 용사들은 결코 잊히지 않을 것"이라고 말씀하셨다. 할아버지는 암 투병 중에도 쉬지 않고 동상 건립 사업을 추진하셨다. 병원에 입원해 계시면서

FREEDOM IS NOT FREE

KOREAN WAR MEMORIAL
DEDICATION

2007년 10월 20일 거행된 한국전 참전 기념 동상 제막식 안내 책자.

쉰 목소리나마 낼 수 없을 때는 필담으로 일을 지휘하셨다고 한다. 중국 어린이를 동상의 모델로 쓰려고 하는 것을 할아버지가 강력히 반대하셨다는 얘기도 들었다. 할아버지는 "한국전의 분위기를 살리기 위해서는 한국 어린이 모델이 꼭 필요하다"라고 주장하셨고 결국 이를 관철시켰다고 한다.

캐럴 할아버지는 행사 도중 나를 꼭 껴안으며 "와 줘서 고맙다. 우리는 너를 잊지 않는다. 사랑한다"라고 말씀해주셨다. 또 "한나가 와준 덕분에 행사가 더욱 빛났다"라며 나를 칭찬해주셨다. 그때의 따뜻함을 잊을 수가 없다. 그분들은 나를 살게 하고 지금까지 올 수 있게 버팀목과 동력이 되어주셨다.

미국에서는 상당 기간 불법 체류자로 지냈다. 그래서 귀국한 이후 10년 동안 미국에 갈 수 없었다. 불법 체류자라고 해서 영화에서처럼 쫓기는 삶은 아니었다. 워낙 불법 체류자가 많았고 나는 단속원들 퇴근한 후인 저녁에 하는 청소 일부터 시작했으므로 그들과 마주칠 일이 없었다. 하지만 언제 불법 체류 단속원이 나올지 모른다는 긴장은 늘 안고 있었고 정신적으로 피폐해져서 치료를 받아야 할 것 같았다.

그러다가 2008년 한국에서 새 대통령의 취임을 앞두고 있을 때 인터넷 뉴스를 검색하다가 눈이 번쩍 떠지는 기사를 만났다. 대통령직 인수위원회에서 서해교전 추모제를 국가 주관 행사로 격상해 열 것이라는 내용이었다. 읽고 또 읽었다. 내가 그토록 원하던 일, 그 일이 이제 이루어지다니. 그동안의 고생과 서러움이 번갯불처럼 머릿속을 스치고 지나갔다. 참으려고 했지만 눈물이 나왔다. 슬퍼서 흘리는 눈물이 아니었다. 여기저기서 앞다퉈 이메일이 왔고 다들 너무 큰 기대는 하지 말라고 했다. 하지만 그때 소식을 접하고 얼마나 가슴이 벅차던지. 모든 분이 다 고마웠다.

내가 한국으로 돌아갈 결심을 확실히 굳힌 것은 2008년 2월이었다. 한 달 반 동안 머리를 싸매고 고민한 결과였다. 무엇보다 엄마의 건강이 많이 걱정되던 차였다.

'엄마의 건강이 더 안 좋아지면 어떡하나? 아버지처럼 병원 신세를 지다 돌아가시면 어떻게 하지? 하나뿐인 엄마인데. 그래, 가자. 가서 애물단지 딸이지만 효도를 하자. 남들은 내 속도 모르고 또 여러 이야기를 쉽게 해대겠지. 어차피 내 인생. 그네들이 살아 주는 것도 아니다. 신경 쓰지 말자. 가려고 마음을 먹으니 빨리 가고 싶다. 가족들이 너무나 보고 싶다.'

내 머릿속에는 이런 생각들만 가득 찼다. 결심을 하고 나니 마음이 편했다. 가려고 마음을 먹으니 하루라도 빨리 가고 싶었다.

소설 『서해 해전』 출간

우스터 행사보다 앞선 2007년 4월 최순조 작가가 소설 『서해 해전』을 펴냈다. 최 작가님은 해군에서 예편하고 미국에서 칼럼니스트로 활약하는 분이었다. 2002년 서해 전투에서 우리 장병 여섯 명이 전사했는데 그에 대해 국민들이 눈물 흘리지 않는 것은 햇볕정책의 표면적인 달콤함이 그들의 안보 신경을 마비시키는 탓이라 하였다. 나라를 위해 목숨을 바치고도 제대로 예우 받지 못하는, 힘없는 전사자들을 위해 자신이 무슨 일을 할 수 있을까 궁리하다가 전사자들의 이야기를 남길 것을 결심했다고 했다. 그런데 자신이 소설을 쓸 자질이 부족하다고 생각하여 2년 동안 글공부를 했다고 한다. 그것이 전사자들과 유가족에게 예의를 갖추는 일이라 생각했던 것이다. 물론 집필에도 많은 시간이 걸렸을 것이다. 고마

운 분이다. 잠깐의 호의를 보여주는 분은 많았지만 이렇게 장기적
으로 준비하고 노력해준 분은 흔치 않다. 비록 소설이라는 허구 문
학의 옷을 입었지만 『서해 해전』을 통해 치열했던 전투의 생생한
기록이 많은 사람에게 알려지게 되었다.

내게도 책을 보내주셨지만 받아만 놓고 처음에는 읽지 않았다.
한참이 지난 후에야 비로소 책장을 열 수 있었다. 그러나 그 참혹
했던 장면들을 소설을 통해서나마 다시 떠올리는 것은 내게 크나
큰 고통이었다. 결국 남편과 내가 등장하는 부분만 확인하고 책장
을 덮고 말았다. 다행히 우리 이야기를 잘 풀어주신 것 같았다. 귀
국 후 기회가 있어 최 작가님을 뵙고 감사 인사를 드렸다.

나중에 이 소설을 저본으로 하여 영화 〈연평해전〉이 만들어졌
다. 그나마 이 소설이 아니었다면 영화 〈연평해전〉은 아예 세상에
못 나오거나 좀 더 오랜 시간 끝에 만들어졌을 것이다.

'내 인생은 내가 사는 것이다'

2008년 2월, 내가 귀국을 결정했다는 기사들이 언론에 보도되었다. 조선일보에는 제2함대에 전시된 참수리 357호를 용산의 전쟁기념관으로 이전해야 한다는 나의 주장도 실렸다.

"평화가 그냥 지켜지는 것은 아니란 걸 가장 잘 보여주는 게 바로 참수리 357호예요. 자라나는 세대를 위해서라도 꼭 전쟁기념관으로 옮겨야 합니다. 이전하려면 선체를 해체해야 하고 적잖은 돈이 들기 때문에 어렵다 이야기 하고 있지만 후세들이 가까이서 두고두고 볼 수 있도록 해야 하지 않을까요. 제가 대단한 애국자라서

드리는 말씀이 아니에요. 상식적으로 생각해 봐도 당연한 것 아닌가요."[19]

앞서 조선일보 특파원과의 전화 인터뷰에서 이미 나는 "미국 생활을 정리하기로 하고 한국행 비행기 표를 예매했다"라고 분명하게 말하며 "귀국하면 서해해전을 재평가하고 전사자와 부상자의 명예 회복 관련 일을 돕고 싶다"라고 귀국 후의 포부도 밝혔다. 새 정부에 바라는 희망 사항이 무엇이냐는 질문에 나는 "왜 당시 정부가 41일 만에 뒤늦게 서해교전 사망자의 시신을 인양했는지, 왜 초기 추모 행사에 정부와 군의 고위 관계자들이 참석하지 않는지 분명히 밝혀져야 한다"라고 격앙된 목소리로 말했다. 또 이때 부상을 당한 채 살아야 하는 열여덟 명의 참수리호 장병들에게 정부와 사회의 지원이 절실하다는 얘기, 서해교전의 명칭을 서해해전으로 바꾸고 현재 평택 제2함대에 전시 중인 참수리 357정을 서울의 전쟁기념관으로 옮길 것도 제안했다.[20]

문화일보에서도 "이런 날 이렇게 빨리 올 줄 몰랐다"라는 제목의 기사[21]가 실렸다. 그 기사에서 나는 서해해전, 그리고 남편과 전사상자들의 희생이 제대로 평가된다면 그 어떤 말이 나오더라도 감수할 것이라는 굳은 각오를 밝힌 바 있다.

이렇게 내가 귀국한다는 기사가 여기저기 실리니 인터넷에는 다시 나를 비난하는 댓글이 줄지어 올라왔다. "돈 떨어져서 오느냐" "나라를 버린 사람이 왜 돌아오느냐"라는 말들도 있었다. 돈은 미국 갈 때도 없었고 나라를 버린 적도 없는데 그 사람들은 내 사정에 대해서는 알지 못했고 전혀 알고 싶지 않은 것 같았다. 나는 이렇게 마음먹었다.

'남편 팔아서 돈 뜯어내려는 여자라는 말도 들었다. 이번엔 또무슨 험한 소리가 나올지 모르지만 그 사람들이 내 인생을 사는 것아니다. 내 인생은 내가 사는 것이니 다른 사람들 말에 신경 쓰지말자. 귀국하면 해야 할 일이 많이 있을 것이다. 서해해전과 남편의 희생이 제대로 평가될 수 있다면 내가 못 당할 일이 어디 있겠는가.'

마음을 굳게 먹고 2008년 4월 1일에 뉴욕을 떠나는 인천행 비행기 표를 예매했다. 4월 2일 귀국하여 공항에 내린 나는 정말 깜짝놀랐다. 수많은 기자가 나를 기다리고 있었기 때문이다. 내가 귀국한다는 기사가 2월에 게재된 후 그동안 국내에서는 나의 귀국이화젯거리로 부풀려지고 있었던 것이다. 왜 나의 귀국이 화제가 되었는지는 아직도 잘 모르겠다.

어쨌든 나는 모자를 눌러 쓰고 얼굴을 가리고 공항을 빠져나와야 했다. 그런데도 어떻게 알아봤는지 기자들이 달려드는 통에 걸을 수 없을 지경이었다. 심지어 기자의 카메라에 머리를 부딪치기도 했다. 무서웠다. 앞이 안 보일 정도로 터져대는 카메라 프레시불빛이 무서웠고 갑작스러운 유명세가 두려웠다. 이렇게 화젯거리를 만들어놓고 또 무슨 욕을 얼마나 해댈 것인가가 두려웠다. 귀국 사진이 실린 기사를 보고 미국에서 같이 일하던 분이 메일을 보냈다.

"난 네가 간첩인 줄 알았어. 간첩이나 공항에서 모자 눌러쓰고 안경 써서 얼굴 가리는 거 아닌가? 정말 깜짝 놀랐어. 네가 그렇게 유명한 사람인지 미처 몰랐어."

양가 부모님께 인사드리고 대전 현충원으로 남편을 만나러 갔다. 사실 미국으로 떠나기 전에 남편 앞에서 맹세한 것이 있었다.

"모든 것을 제자리로 돌려놓기 전까지는 돌아오지 않을 거야. 당신도 나 기다리지 마."

그 다짐 때문에 그동안 힘들어도 꾹 참고 지냈던 것이다. 어쨌든 다시 희망을 품고 한국에 돌아왔고 그때까지만 해도 뭔가 많은 변화가 있을 것이라는 기대가 있었기에 가벼운 마음으로 남편의 묘소를 다시 찾을 수 있었다.

'미친 여자'에서 '선생님'으로 호칭이 바뀌었다

지금은 어디 가서 '누구의 아내'라고 말하면 상대가 바로 "아, 선생님!"하고 아는 체를 한다. 그런데 예전에 나는 해군에서 골칫덩어리, 또라이로 불리는 '여자'였다. 여러 가지 일을 계획하고 그것을 관철시키기 위해 떠들어대고 했던 나의 행동이 그들 눈에는 마땅

찮게 보였던 모양이었다. 미국 참전 용사들을 모셔올 때도 문제가 많았다. 통역도 내가 불렀다. 그런데 정작 행사 날이 되니 그제야 자신들이 주도한 양 여러 가지를 간섭하고 나섰다.

해군은 내가 일을 만들면 어쩔 수 없이 뒤치다꺼리를 했다. 그러면서도 마치 처음부터 자신들이 기획한 일인 양 생색내기를 원했다. 생색은 내면서도 무척 성가셔하고 나를 싫어하는 기색이 역력했다. 내가 미국에 있을 때 대한민국 해군에서 나를 '또라이, 미친 여자'라고 부른다는 얘기를 전해 들은 적도 있다. 내가 돈 가지고 도망쳤다는 얘기도 들려왔다. 그런 게 너무도 큰 상처가 되어 한동안 나를 아프게 했다.

그러던 해군에서 나를 '선생님'으로 부르기 시작한 것은 2008년 미국에서 돌아온 후부터였다. 이명박 대통령이 취임한 후 사회 분위기가 달라진 것은 나에 대한 호칭 변화에서부터 표시가 났다. 처음에는 그 호칭이 낯설고 어색하기만 했다. 웃어야 하는 건지 화를 내야 하는 건지 종잡을 수가 없었다.

"왜 이러세요, 갑자기?"

"에휴, 선생님 그동안 고생 많으셨지요?"

지금도 해군은 나를 꼬박꼬박 '선생님'이라 부른다. 그 후 말도 더 잘 통하게 된 것 같다. 그러면서 해군과 나는 협력 관계가 되었다. 도움을 요청하면 가능한 한 도우려 노력하는 것 같았다. 내가 하는 일이 해군을 욕되게 하거나 개인의 이익을 위한 것이 아니라 자신들에게도 도움이 되는 일이라는 것을 비로소 알게 된 것일까?

귀국한 지 열흘도 채 안 된 2008년 4월 8일 기다리던 반가운 소식이 들려왔다. 서해교전이 제2연평해전으로 명칭이 바뀐다는 소식이었다. 국방부는 "서해교전이 1999년 '연평해전'과 같이 서해 NLL을 사수한 전투인 점 등을 감안해 서해교전의 명칭을 제2연평해전으로 변경했다"라고 그 이유를 밝혔다. 또 "해전 명칭은 지명과 발생 순서에 의거해 부여해온 것이 관례이고 사전적 의미와 군사 교리적 의미 등을 종합적으로 검토한 결과"라고 덧붙였다. 그래서 1999년 발생한 연평해전은 '제1연평해전'으로, 서해교전은 '제2연평해전'으로 각각 부르게 되었다.

국방부 관계자는 "그동안 연평해전과 전투 양상이 비슷함에도 불구하고 서해교전으로 불려온 데 대해 일부 국민들이 문제점을 지적해왔다. …… 올해부터 서해교전 전사자 추모 행사가 정부 주관으로 격상됨에 따라 명칭을 변경했다"라고도 말했다.

그런데 참수리호를 용산 전쟁기념관으로 이전하자는 주장에 대해서는 "장병 정신 교육과 전시물 보존 등을 감안해 해군 제2함대 사령부에 그대로 두기로 했다"라고 말했다. 나의 제안이 거부된 것이다. 하지만 실망하지 않았다. 남편을 잃은 후 나는, 네 가지 사항을 정부와 해군에 요구해왔다. '교전'을 '해전'으로 바꾸는 것, 참수리호 실물을 용산 전쟁기념관에 전시하는 것, 연평해전 부상자를 국가유공자로 예우하는 것, 그리고 남편의 상사 추서 진급이었다. 그 네 가지 중 하나가 받아들여진 것이다.

 '시작이 반'이라는 말도 있지 않은가? 그동안 김대중·노무현 정부의 태도는 외쳐도 메아리조차 돌아오지 않던 깜깜 절벽과도 같았다. 그런데 이명박 대통령이 당선되니 정부의 태도에 조금씩 변화가 생기기 시작한 것이다. 놀라운 변화였다. 더구나 명칭 변경은 내가 가장 간절히 원했던 일이었다. 우리나라 역사상 바다에서 일어난 전쟁에는 모두 '해전'이라는 말을 붙여왔다. 그런데 '교전'이라는 말에는 '해전'과 구분함으로써 그 의미를 축소하려는 의도가 담겨 있었다. 또 '교전'은 책임 소재가 불분명한 말이다. 그런데 '해전'에는 북한의 도발에 맞서 해군이 승리한 전쟁이라는 의미가 담겨 있다. 그래서 전사상자의 명예 회복을 위해서는 명칭 변경이 필수적이었다.

 명칭 변경뿐만 아니었다. 6년 만에 제2연평해전을 추모하는 행사가 줄줄이 이어졌다. 2008년 5월 21일 전사자 여섯 명의 흉상이 모두 만들어졌다. 해군은 그해 1월 고 윤영하 소령의 흉상을 시작으로 남편 한상국 중사, 조천형, 황도현, 서후원 중사 순으로 흉상을 제작해왔으며, 이날 고 박 병장의 흉상을 마지막으로 여섯 명의 흉상 제작이 마무리되었다고 발표하였다. 박재필 당시 해군공보처장은 "서해 북방한계선을 끝까지 사수하다 전사한 영웅들을 추모하는 한편 국가를 위해 생사의 갈림길에서도 맡은 바 임무를 완수한 군인 정신과 희생정신을 기리고 호국의 지표로 삼기 위해" 흉상을 제작했다고 말했다. 흉상은 가로 57cm, 두께 35cm, 높이

81cm로 제작되었다. 이 흉상들은
고 윤 소령의 모교인 해군사관학교
를 비롯하여, 교육사 전투병과학교
와 기술병과학교, 교육사 기초군사
학교 등에 각각 설치되었다.

흉상 제막식은 6월 13일에 열렸
다. 오전 9시 30분에 해군사관학교
에서 시작된 제막식은 오전 내내 시
간차를 두고 그들이 거쳐 간 학교에
서 각각 열렸다. 고 윤영하 소령의
흉상은 해군사관학교에, 고 조천형,
황도현, 서후원 중사의 흉상은 해군
교육사령부 기술병과학교에, 남편
의 흉상은 교육사령부 전투병과학

진해 교육사령부 안에 있는 고 한상국
상사 흉상.

교에, 전사자 중 유일한 사병이자 의무병이었던 고 박동혁 병장의
흉상은 교육사령부 기초군사학교에 세워졌다.

이날 우리 유가족은 제막식에 참석하기 위해 오랜만에 한 자리
에 모였다. 공식석상에서 유가족을 모두 만난 데일리NK 기자는
우리의 인터뷰를 모아 기사[22]를 썼다. 기사 속 내 이름의 앞에는
"제2연평해전에 대한 정부의 무관심에 실망해 2005년 4월 미국으
로 떠났다가 3년 만에 귀국한"이라는 수식어가 붙어 있었다. 다음
은 그 기사의 일부 내용이다.

"자식이 죽는 날 부모인 나도 죽었다. 6년 동안 좋은 일도 없고, 하고 싶은 일도 없다. 왜 사는지는 모르고 산다. 못 죽어서 살고 있다. 그때부터 불면증에 시달려 지금은 수면제 없이는 잠을 잘 수 없다. …… 김대중 대통령은 국민에게 사과해야 한다. 제2연평해전은 우리 스스로 우리 장병들의 손발을 묶고 싸우게 만든 전투였다. 작정하고 북방한계선에 침입한 북한군을 말로 잘 타일러 밀어내기를 하라는 것이 말이 되나? 그렇게 우리 아들들을 죽여 놓고, 김대중 대통령은 지금까지 단 한 차례의 유감 표명이나 사과를 하지 않고 있다. …… 노무현 대통령을 만났을 때는 체면상 불렀다는 느낌을 지울 수가 없었다. 보훈처 직원이 다른 가족들과 달리 제2연평해전 가족들은 두 분씩 참여하는 특혜를 누렸다고 공치사를 하더라. 할 말이 없었다. …… 지난 정부는 우리를 몇 번이나 죽였다. 서동만이라는 사람은 국정원 기조실장을 하겠다고 국회 청문회에 나와 '서해교전은 김정일의 책임이 아니다'라고 말했다. 통일부 장관을 했던 이재정이란 사람은 '서해교전은 반성해야 될 문제', 'NLL은 영토 개념이 아니다'라고 말했다. NLL이 영토 개념이 아니면 우리 해군들을 추운 데서 손발 떨게 하지 말고 해산시켜 집으로 보내야 할 것 아닌가?"

– 이경진(고 박동혁 병장 어머니)

"형이 죽은 이후 우리 가족의 생활은 180도 완전히 변했다. 나는 당시 공대생이었는데 가족 생계를 위해 공무원이 됐다. 아버지는 하시던 건

축일도 그만두시고 우리는 침울한 가정이 됐다."

– 박동민(고 박동혁 병장 동생)

"뉴스에 북한 얘기만 나와도 심장 박동 수가 빨라진다. 그리고 TV에서 축구 중계를 하면 괴로운 마음에 채널을 돌린다. 내 자식이 북한군과 싸우다 죽던 날 모든 국민은 '월드컵 4강'에만 도취돼 아무도 관심을 가져주지 않았다. 그것이 한이 돼서 이제는 축구 중계를 못 본다."

– 박공순(고 황도현 중사 어머니)

"대통령이 군 통수권자인 이상 군인은 대통령의 아들과 똑같다. 그런데 서해 바다에서 군인들이 죽고 동혁이가 중환자실에서 사경을 헤매고 있을 때, 김대중 대통령은 빨간 수건 목에 걸고 축구 경기를 구경하더라. 더욱 화가 나는 건 전사자들에게는 단 한 마디 위로도 없던 사람이 6월만 되면 6·15공동선언 기념식에 나와 자화자찬하는 것이다. TV에서 김대중 대통령의 모습을 볼 때면 피가 거꾸로 솟는 것 같다."

– 황은태(고 황도현 중사 아버지)

"유가족들에게 돈(보상금) 이야기는 하지 않았으면 좋겠다. 우리는 전사자의 명예 회복과 부상자에 대한 예우를 바란다. 제2연평해전을 패전으로 인식하는 사람도 있는데 절대 그렇지 않다. 사망자와 부상자들이 목숨을 걸었기 때문에 북한의 더 큰 도발을 막을 수 있었던 것이다. 부상자로서 전역한 분 중엔 부상 등급을 낮게 평가해 파편을 몸속에 끌

어안고 살아가면서 자비로 치료하는 분도 있다. 국가를 위해 싸우다가 장애를 안고 전역한 분들에 대해선 최소한 치료 문제와 생계 문제는 해결해줘야 하지 않나?

또 훈장 심사를 할 때도 패전이라 생각해서인지 1등급씩을 낮춰 3·4등급으로 평가했다. 월드컵 4강을 만든 국가 대표 축구 선수들은 훈장 2등급을 받고 병역 특혜를 받았다. 그런데 북한과 맞서 싸우다 전사한 군인들은 그들보다 낮은 급의 훈장을 받았다. 앞으로도 계속 이렇게 평가된다면 어느 누가 목숨 걸고 조국을 위해 싸우겠는가?"

– 김한나(고 한상국 중사 부인)

"우리의 주적이 북한이 아니라 미국이라는 청소년들 의식 조사 결과를 보고 놀랐지만, 그렇게 생각하는 사람들이 공무원과 관공서에도 많은 것 같다. 왜 이렇게 북한 정권을 감싸는 사람이 많은지, 김대중·노무현 정부 때 공직에 들어갔던 사람들이 청산되지 않은 것 같다"

– 조상근(고 조천형 중사 아버지)

"김대중 대통령을 두 번, 노무현 대통령을 한 번 만났다. 김대중 대통령을 만날 때는 사실 정신이 없었다. 아들 죽은 지 몇 해 되지도 않은 상태에서 만나 제대로 말도 못했다. 당시에 호국 가족이라고 해서 여러 사람 모아놓고 전쟁 전사자로 뭉뚱그려 이야기하더라. 제2연평해전 이야기는 꺼내지도 못했다. …… 무슨 대단한 조치를 기대하는 것이 아니다. 지금 이명박 정부에서는 과거 정부처럼 유가족들의 가슴을 후비는 말들이 안 나와서 그나마 낫다. 정부에서는 제2연평해전을 기억하지 못하는 많은 국민에게 제대로 진실을 알려줬으면 좋겠다."

– 서영석(고 서후원 중사 아버지)

대통령께 보내는 편지

2008년 귀국했을 때는 나의 모든 요구가 다 받아들여지고 남편의 명예 회복을 위해 내가 해왔던 일이 다 끝났다고 생각했다. 그런 생각을 할 만큼 그때 나는 언론의 주목을 받았고 그만큼 사람들의 관심도 컸다. 또 당시 정부나 해군에서도 내 요구를 다 들어줄 것처럼 얘기했다. 국가 행사로 격상되면 당연히 남편의 명예 회복에 관련된 모든 일도 함께 해결될 것이라 철석같이 믿었다. 그런데 그 것은 정말 '반짝'하는 관심이었고 '반짝'하는 반응이었을 뿐이다.

그때 나는 너무나 순진했던 것 같다. 시간이 흐르며 남편의 문제, 제2연평해전의 문제는 다시 뒷전으로 밀려났다. 원하던 바를 이루지 못한 채 나는 다시 높은 벽과 마주하게 되었다.

그해 6월 나는 거의 마무리 된 일에 감사하는 심정으로 이명박 대통령에게 편지를 썼다. 그때까지도 그 이후로 갈 길이 여전히 멀고 험하다는 것을 알지 못했다. 이 정부가 김대중·노무현 정부보다 제2연평해전에 큰 관심을 보여준 데에 대해 편지를 통해서라도 감사의 뜻을 전하고 싶었던 것이다. 편지에는 전사자들의 희생정신을 되새겨 달라는 당부와 추모 행사에 참석하여 국군의 자긍심을 높여달라는 요청을 다음과 같이 담았다.

"…… 남편을 잃고 절망의 끄트머리에서 한국을 떠났지만, 미국에서 보낸 3년은 남편이 목숨을 다해 지킨 조국에 대한 그리움의 나날이었습니다. …… 제2연평해전에 대한 대통령님의 각별한 관심은 저의 마음에 새로운 희망을 심어주었습니다. …… 올해부터 추모 행사가 정부 주관의 국가급 행사로 격상돼 이제야 비로소 지난 세월의 아픔을 조금이나마 달랠 수 있게 되었습니다. …… 추모식을 통해 제2연평해전이 재평가돼 국토 수호에 애쓰는 대한민국 모든 군 장병의 위상이 높아지는 계기가 됐으면 합니다. …… 겉만 화려한 추모식을 벌여 이름 없는 순국 선열에게 누가되지 않을까 걱정 …… 대통령께서 추모식에 꼭 참석해 대한민국 60만 국군을 격려해주시고 명예와 자긍심을 높여주시기 부탁드립니다. …… 부상자들이 하루빨리 그 날의 상처를 이겨내 우리 사회 일원으로 건강하게 살아갈 수 있도록 국가적 지원이 뒷받침되었으면 합니다. 모든 문제가 원만하게 마무리되어 제2연평해전이 조국 수호 역사 속에 기억됐으면 합니다. ……"

이 편지는 6·25전쟁 58주년을 하루 앞둔 6월 24일, 청와대 민원실을 통해 대통령께 전달했다. 나중에 해군 참모총장님에게 들은 얘기로는 이명박 대통령께서 장관들에게 내 편지를 내주고 모두

이명박 전 대통령 임기 중 어느 해 6월 청와대 초청 방문 중 찍은 사진(뒷줄 오른쪽 끝이 필자).

다 돌려 읽어보라 했다고 한다. 그리고 "원래 김한나 씨가 원하는 바대로 해드렸어야 하는 것 아닌가. 이걸 보고 앞으로는 정신 차리고 제대로 좀 일하시오"라고 훈계도 하셨다고 한다. 청와대 직원들도 다 읽어보았다고 한다. 그래서인지 어느 자리에선가 청와대 소속 고위 공무원을 만났는데 그분이 내게 "편지 잘 읽었습니다"라고 인사를 했다.

내가 대통령께 편지를 보낸 사실은 미리 공개되어 연합뉴스에 기사[23]가 실렸다. 이 기사에서도 내 이름 앞에는 "제2연평해전에서 남편을 잃은 뒤 전사자들에 대한 정부의 무관심에 좌절해 미국으로 떠났던"이라는 수식어가 붙어 있었다. 이 수식어를 언제쯤이

나 뗄 수 있을까? 아마도 그때는 더 이상 '정부의 무관심에 좌절'하는 사람이 없고, 그런 얘기를 할 필요가 없을 때일 것이라 생각해 본다.

국가 행사로 치러진 제6주년 기념식

2008년 6월 29일 제6주년 기념식이 정부 주관 국가 행사로 평택 해군 제2함대에서 치러졌다. 국가 행사로 격상된 후 처음 치르는 행사였다. 감사한 마음이 드는 한편 '기념'이라는 말이 조금 거슬렸다. 보통 '기념'이라는 말은 기쁜 일을 기억할 때 쓴다고 생각했기 때문이다. 국방부에서는 국가 행사로 격상되었기에 추모식이라는 말 대신에 기념식이라는 말을 쓰게 된다고 하였다. 또 추념식은 현충일에만 쓰는 말이라고 했다. 제6주년 기념식 대신 제6주기 추모 행사라고 쓸 수도 있었을 텐데……. 틀린 말은 아니었지만 왠지 기분이 좋지는 않았다.

 이날 행사에는 1,500여 명의 각계 인사가 참석하였고 안보를 중시하는 당시 정권의 성격상 이명박 대통령의 참석도 가능할 것이라 생각했다. 그런데 광우병 시위 문제로 정국이 시끄러웠던 때문인지 대통령은 오지 않고 국무총리가 대신 참석하였다. 청와대에서는 우리 유가족들에게 전화를 걸어 대통령이 참석하지 못해 미안하다고 하였다. 그나마 기념식이 국가 행사로 치러지는 것은

THE CITY OF WORCESTER, MASSACHUSETTS

MAYOR KONSTANTINA B. LUKES

2008년 우스터 시는, 제2연평해전이 일어난 6월 29일을 한국 재향군인 기억의 날로 선포. 사진은 우스터 시장이 보내준 선포장.

5년 동안 뿐이다. 5년이 지나면 공식적으로 국가 행사에서 빠지게 될 것을 생각하니 그때부터 섭섭한 마음이 들었다.

미국의 6·25참전 용사 할아버지들도 격상된 행사에 참석하기 위해 일부러 찾아와주셨다. 내 요청으로 보훈처가 그분들을 초청한 것이다. 보훈처의 도움으로 비행기 표를 장만하여 그분들께 보내드렸다. 불법 체류 이력 때문에 미국에 갈 수 없어서 그 할아버지들을 다시는 뵙지 못할 줄 알았다. 그런데 다시 뵐 수 있어서 정말 반갑고 고마웠다. 그날 참석한 국무총리에게 그분들을 일일이 소개했다. 저녁 때 해군호텔에서 제2연평해전 전사상자 후원의 밤 행사가 열렸다. 나는 미국에서 오신 할아버지들을 배웅하느라 그 행사에는 참석하지 못했다.

이후 5년 동안 매년 6월 29일 국무총리가 참석하는 추모 행사가 열렸다. 2010년 8주년 기념식은 서울 용산 전쟁기념관에서 개최되었다. 평택 해군 제2함대 사령부에서 전쟁기념관으로 장소를 옮겨 여는 첫 기념식이었다. 시민, 학생 등 2,500여 명이 참석했고 KBS 텔레비전으로 생중계되어 '국민의 행사'[24]로 성대하게 치러졌다. 그날 정운찬 국무총리는 기념사를 하면서 제2연평해전에서 전사한 여섯 명의 이름과 생존 장병 21명 전원의 이름을 하나하나 불렀다. 8년 만에 처음으로 대한민국이 그들의 이름을 불러준 것이다.

2012년 제10주년 기념식에는 이명박 대통령이 참석하셨다. 현직 대통령으로는 처음이었고 아직까지는 마지막이었다. 이 외에도 이명박 대통령은 당선인 시절부터 내게 많은 선물을 안겨주셨다. 서해교전이 연평해전으로 이름이 바뀐 것도, 참수리호 복제본이 전쟁기념관에 설치된 것도, 여섯 전사자의 이름이 붙은 배가 만들어진 것도 다 이명박 대통령 때의 일이다. 몇 년에 한 번씩 열리는 관함식에 우리 유족들이 참석할 수 있도록 해주기도 했다. 관함식은 우리 해군뿐만 아니라 다른 나라의 해군 함정까지 함께 참여하는 해군의 큰 행사이다. 그 행사에서 대통령은 큰 배를 타고 대한민국의 군 통수권자로서 해군 함정을 사열한다. 우리 가족과 고 윤영하 소령 가족은 이명박 대통령과 함께 큰 배에 타는 영광을 누리게 되었다.

2012년 초 이명박 대통령의 영부인께서 내게 위로의 편지도 보내주셨다. 또 내가 귀국하던 해 보훈의 달 행사 때는 나를 일부러 메인 테이블 가까이 앉게 하고 잘 돌아왔다며 많은 위로와 격려의 말씀을 해주셨다. 그때 대통령께서 내게 취직해야 하지 않느냐고 물으셨다. 나는 감사의 인사를 했다. 하지만 당시에는 취직이 성사되지 않았다.

"서해교전 전사자들은 개죽음당한 거야"

2008년 10월 서울대 법대 학생이라는 강의석 씨가 "서해교전에서 전사하신 분들은 개죽음당한 거야"라고 말해서 말썽이 되었다. 그는 인터넷에 긴 글을 실었다. 제2연평해전이 직접 언급된 부분은 다음과 같다.

—

"…… 1999년 1차 서해교전에서 30명이 넘는 북한 병사가 죽고 두 척의 배가 침몰되자, 조중동은 이를 '연평대첩'이라며 자랑했다. 남한의 피해가 컸던 2차 서해교전에선 언론은 군 고위층과 북한 욕을 해댔다. 남북한 구별 없이 그 병사들은 왜 죽어야 했나? 또 언론은 뭘 잘했다고 떠들어대는가.

북방한계선(NLL)은 군사분계선도, 영해선도 아니다. 그저 남한이 이를 '불법 무단' 점거하고 있을 뿐이다. 일본이 '독도'를 자기네 땅이라 우기니 우리가 '독도 관광'을 시작했듯이, 북한도 매년 NLL을 넘어옴으로써 남한의 땅따먹기를 막을 수밖에 없는 형편이다.

김영삼 정권 당시 이양호 국방장관은 "NLL은 어선 보호를 위해 우리가 그어놓은 것으로 (북한 측이 넘어와도) 정전협정 위반이 아니"라고 했고, 미국 국무성도 서해를 분쟁 해역 또는 공동 해역이라 얘기한다. NLL은 1953년 유엔 사령관이 남한 배가 북쪽을 더 이상 넘지 못하게 임의로 설정한 선인데, 남한이 사실을 왜곡해서 자기 바다라고 주장하기 위한 도구로 쓰이고 있다.

해마다 꽃게잡이 철이 되면 NLL 위에선 남북 어선이 서로 많이 잡기 위해 뒤엉킨다. 남북한 군인들은 남북한 어선들을 위협하고, 1·2차 서해교전도 그 과정에서 생겼다. 참사의 희생자들은 '나라를 위해 싸운다'라는 생각으로 전투에 임했겠지만, 그들의 행위는 '애국'이 아니라 스스로를 위험에 빠뜨리고 상대 또한 죽음으로 내몰았으며 전쟁의 위험이란 결과를 만들었을 뿐이다. 누군가 그들의 죽음이 '개죽음'이냐고 묻는다면, 나는 그들은 아무 보람 없이 죽었다, 즉 개죽음당했다고 말하겠다. 슬픈 일이다. 그러나 불편하고 냉혹한 진실이다.……"

그의 궁극적인 주장은 군대가 필요 없다는 것이었다. 그런데 자기 주장에 힘을 싣기 위해 나라를 위해 싸우다 목숨을 잃은 것을 '개죽음'이라고 표현하다니, 정말 있을 수 없는 일이었다. 나는 정말 그와 싸우고 싶지 않았다. 단지 '진심 어린 사과와 해당 게시물의 삭제' 이 두 가지를 요구했을 뿐이다. 제2연평해전 전사자 추모본부에서도 그에게 사과하라고 요구했다. 사과문의 경우 인터넷 미니홈피 게시물로 게재해도 괜찮다고까지 양보했다.

그러나 그는 언론 인터뷰를 통해 사과할 수 없다고 강경하게 말했다. 화는 났지만 그의 그런 태도가 놀라운 것은 아니었다. 그렇게 쉽게 사과할 사람이었다면 애당초 그런 말도 안 되는 악담을 쏟아내지도 않았을 것이기 때문이다. 그는 이 글을 쓰기 보름 전인 10월 1일 국군의 날에 누드로 데모도 했다고 한다.

동아닷컴에서 이 문제로 나를 인터뷰하여 기사[25]를 썼다. 인터뷰할 때 나는 하필 감기 몸살 기운으로 몸 상태가 좋지 않았다. 그러나 화가 나서 견딜 수 없었던 나는 "강의석 씨는 제2연평해전 유가족들을 이용하지 말라"라고 잘라 말했다.

—

"…… 강 씨의 발언은 죽은 사람을 모욕하는 것을 떠나 두 번 세 번 죽이는 일입니다. …… 부모님들은 용서할 수 없다고 하시죠. 아들들 이야기인데 두 번 죽인 것이잖아요. 6년 동안 이미 여러 번 죽었어요. 그런데 이렇게 대놓고 얘기했다는 게 정말 충격적입니다. 자기가 감히 뭔데 어디다 갖다 붙이는 것인지, 강의석 씨 나이 또래 청년들이 당시 참수리호에 있었어요. 자기 또래들이 그런 일을 당했다는 걸 한 번쯤 생각해 볼 수 있는 게 아닐까요. …… 그는 평화를 말하며 우리에게는 언어 폭력을 가하고 있잖아요. 당연히 폭력이죠. 저희한테는 폭력입니다. 어떻게 서울대 법대생이라는 사람이 그런 생각을 할까. 그 사람이 내 앞에서도 그런 말을 할 수 있을까. 강 씨 본인은 떳떳하게 얘기한다고 하는데 그게 과연 옳은 것인지, 양심에 따라서 그렇게 할 수 있는 게 있고 할 수 없는 게 있는데 구분이 너무 없는 것 같았어요. ……"

강 씨가 사과하지 않겠다고 했다는 얘기에 대해서 내 목소리는 좀 더 격앙될 수밖에 없었다. 너무 화가 나고 감정이 격해져서 기자와의 대화 중간에 말을 제대로 잇기 어려울 정도였다.

"너무 기가 막혀서 말이 나오지 않습니다. 무슨 생각으로 그러는지. 잘 알지도 못하면서 막말을 하는군요. 그간 우리가 정부에 대해 얼마나 여러 차례 요구하고 잘못된 것을 바로잡기 위해 얼마나 많은 노력을 쏟아부었는데, 자기가 그에 대해 뭘 안다고 그런답니까. 법적 대응을 할 생각입니다. 앞서가신 순국선열, 지금 군에 계신 모든 분을 모독한 발언입니다. 그 사람, 정말 제정신입니까. 대체 뭘 하는 사람입니까. ……
제2연평해전도 북한이 1999년 1차 해전 패배를 보복하기 위해 저지른 일입니다. …… 이미 북한은 1999년 사건을 설욕하겠다는 경고를 한 바 있고 실제로 2002년 교전 당시 북한 경비정은 화력을 정비하고 갑판도 튼튼하게 하는 등 만반의 준비를 하고 내려와 선제공격을 했지요. ……
강 씨는 전쟁이 안 난다는데 어떻게 그렇게 확신하는지 궁금합니다. 북한이 약속 이행한 적 있습니까. 정말 전쟁이 나면 강 씨는 도망 안 가고 싸울 것인지 그걸 묻고 싶습니다. 현재도 휴전선 근처, 많은 곳에서 언론의 주목을 받지 못하는 많은 사건이 일어나고 있습니다. 제3, 제4의 해전이 언제 일어날지 모릅니다. 공동어로 하자, 포기하자 말들 많은데 말도 안 되는 소리죠. 서해 5도는 굉장히 중요한 곳입니다. 금방 북한군이 연평도, 강화도, 인천으로 밀고 들어올 수 있습니다. …… 젊은 세대에게 있는 그대로의 역사를 제대로 가르쳐야 합니다. 정치적으로 유리한 면만 강조하지 말고 다 보여주고 아이들에게 선택권을 줘야 합니다. (제2연평해전에 대해서도) 우리가 잘 배워서 다음 세대들에게 이 이야기를 물려줘야 합니다. 순국선열들이 계셨기에 우리가 있는 것입니다."

당시 강의석 씨에게 법적 대응은 하지 않았다. 그때는 정말 속상하고 화가 났다. 또 우리나라에 미친 사람이 참 많구나 하는 생각도 했다. 시위를 하려면 피켓이나 플래카드를 들고 할 것이지 왜 옷을 다 벗은 것일까? 한여름도 아닌 10월에……. 저 사람의 머릿속에는 대체 뭐가 들어 있을까? 여러 가지 생각을 하게 되었다.

당시 추모본부에서도 다음과 같이 입장을 밝히는 글을 발표했다.

1. 강의석의 글은 전쟁에 관련된 사건을 자신의 홈피에 쓴 글이다. 즉, 자기 자신의 논리의 정당성을 밝히기 위한 하나의 장치로 제2연평해전을 이용했다. '서해교전 전사자들 개죽음 당한 것'이라고 표현, 전사하

신 분들을 모욕한 데 대해 진정한 사과를 하여야 한다.

2. 강의석은 2002년 6월 29일에 발생된 제2연평해전에 대해 얼마나 알고 있는가? "북방한계선(NLL)은 군사분계선도, 영해선도 아니다"라는 주장을 하는데, 6·25전쟁을 누가 일으켰는가? 강의석이 태어나기 전인 1953년 7월 27일에 조인된 정전협정의 조항을 모르는가? 자신의 희생을 통해 조국과 수많은 국민의 생명과 재산을 지켜낸 호국 용사들의 존재를 망각했는가? NLL을 지켜내면서 전사하신 용사들, 그 용사의 부모님들의 아픔, 대한민국 안위를 위해 싸워야 했던 진실을 왜곡하여 모독한 사실에 대해 분명한 책임을 물을 것이다.

3. 개인적으로 "그들의 행위는 '애국'이 아니라 스스로를 위험에 빠뜨리고 상대 또한 죽음으로 내몰았으며 전쟁의 위험이란 결과를 만들었을 뿐이다"라고 했는데, 북한 경비정이 NLL을 침범하고 선제공격으로 대한민국 해군 장병이 사상을 당했는데도 이런 허황된 내용을 주장한다면 대체 강의석은 대한민국 국민인가? 자신의 홈페이지에 밝힌 글이 국가 안보와 직결된다면 본인이 밝힌 내용에 대해 스스로 책임을 져야 할 것이며, 전사하신 여섯 명의 영웅, 유가족들에게 엎드려 사죄를 하여야 할 것이다. 이러한 내용에 현혹되어 대한민국의 국가관을 상실하는 피해자가 나타나서는 안 될 것이다.

4. 차제에 자신의 의견이 사회에 전파되어 현혹되게 하는 내용을 규제하는 제도적 장치가 마련되기를 바란다. 또 이러한 일을 계기로 강의석은 자신을 돌이켜 깊이 반성하고, 국립현충원과 상처 입은 참수리 357정이 전시되어 있는 해군 제2함대 참전 해군 장병들 및 유가족들

에게 깊은 사죄를 하여 올바른 국가관을 가진 국민의 한 사람으로 다시 태어나기 바란다. 또 제2연평해전에서 희생하신 이들의 존재를 결코 망각하지 않는 계기가 되어 대한민국을 위해 봉사하기를 바란다.

—

어찌 보면 강의석 씨의 말대로 남편이 '개죽음'당한 것이 사실일 수 있다는 생각도 들었다. 남편이 무엇을 위해 죽었는지, 그가 목숨까지 내놓으며 지키려던 것이 얼마나 소중한 것인지 알아주는 사람이 몇이나 될까. 그런 생각을 하면 강 씨의 말이 전혀 틀린 것은 아닐 수도 있다. 하지만 그런 얘기는 유가족이나 할 수 있는 것이지 강 씨 같은 제3자가 할 얘기는 아니었다. 지금쯤 강 씨의 생각도 달라졌으리라고 믿는다.

남편의 유품을 모두 전쟁기념관으로

2008년 11월 용산 전쟁기념관에 남편의 유품을 기증했다. 제2연평해전 전사자를 추모하고 해전의 내용을 알리는 전시장이 새로 꾸며진다기에 유품을 내놓겠다고 했다. 불에 탄 흔적이 선명한 신분증, 군번 표식 목걸이와 휴대폰, 샤프펜슬 등. 그와 가장 가까이서 함께 했고 하나하나 다 그의 손때가 묻은 것들이라 더욱 애착이 갔던 물건들이었다. 이 물건들은 내가 미국에서 힘들었을 때 꺼내보면 마치 남편이 내 곁에 있는 듯 나에게 위안과 큰 힘을 주던 것들이었다. 더불어 시부모님께서 보관하시던 군복 한 벌도 달라고 설득하여 화랑훈장과 함께 전쟁기념관에 보냈다.

모두 전쟁기념관으로 보내고 나니 내게 남편의 물건은 하나도 남지 않게 되었다. 당연히 허전했다. 하지만 보내는 것이 옳다고 생각되었다. 그는 나의 남편이기 이전에 대한민국의 아들이기 때문이다. 젊은 세대나 청소년들이 전쟁기념관에, 혹은 평택 제2함대 서해수호관에 찾아와 전시된 남편의 유품을 보고 남편이 목숨 바쳐 지켜낸 나라의 소중함을 배웠으면 하는 바람도 있다. 그러면서 남편이 얼마나 고귀한 일을 하다가 목숨을 바쳤는지도 깨우쳐 주기를 간절히 바란다.

현재 전쟁기념관과 평택 제2함대 서해수호관에는 내가 시부모님 대신 쓴 다음과 같은 추모 글도 게시되어 있다. 시어머니는 이 글을 읽고 자신의 마음을 가장 잘 표현한 글이라 하셨다.

"사랑하는 아들아!
세상에 단 하나뿐인 너를 잃고 난 후
우리의 가슴에는 얼마나 커다란 구멍이 생겼는지
그 구멍 난 가슴이 너무도 시리다 못해 얼어붙고 말았구나.
왜 하필 네가 그 자리에 있어야 했는가,
왜 하필 우리가 이런 일을 당해야 하는가,
수도 없이 하늘을 원망하고 적을 원망하고 우리나라의 현실을 원망했었다.

하지만 배가 침몰하는 순간까지, 목숨이 끊어지는 그 순간까지

조타실 키를 놓지 않았다는 네 이야기는

우리의 원망을 자부심으로 바뀌게 해주었다.

장하다, 내 아들아!

목숨 바쳐 나라를 사랑했던,

죽음의 순간까지도 맡은 바 책임을 다했던 네가

우리의 아들이라는 사실이 우리는 자랑스럽고 또 자랑스럽다.

이제 네가 우리만의 아들이 아니라

대한민국의 당당하고 믿음직한 아들이라는 것을

우리는 더 이상 의심하지 않는다.

다만 우리에게 한 가지 소원이 더 있다면

너의 환하게 웃는 얼굴을 단 한 번만이라도 다시 봤으면,

너를 껴안고 네 얼굴을 단 한 번만이라도 어루만질 수 있다면

이제라도 수고했다고, 우리 걱정 말고 편히 잘 가라고

작별 인사라도 제대로 할 수 있었으면…

아들아! 사무치게 보고 싶구나!"

2009년 7월부터 용산 전쟁기념관에서 안내하는 일을 시작했다.

서울지방보훈청장의 제안이었다. 계약직이었지만 내가 취직이 되었다는 얘기가 여러 언론에 보도되었다. 기사를 보고 나를 찾아와 격려해준 분도 많았다. 아이를 데리고 와 인사를 시키는 분도 있었고 멀리 미국에서 와서 일부러 찾아오셨다는 분도 있었다. 전쟁기념관에서 일하는 동안 여러분의 덕분에 다소나마 마음을 다잡을 수 있었다.

그런데 그나마 1년을 다 못 채우고 다음 해 2월 그만뒀다. 언론에는 '건강이 안 좋아서'라고 말했다. 하지만 속사정은 그게 아니었다. 당시 전쟁기념관에서 계약직 인력을 줄이고 있었다. 명색이 '낙하산 인사'인 나를 내보내지는 않았을 것이지만 그게 더 마음에 걸렸다. 나보다 더 일찍 들어와 오랫동안 일한 사람들이 나 때문에 일자리를 잃을 수도 있었다. 그래서 내가 나가는 게 낫겠다고 생각해서 사표를 냈던 것이다.

'한상국 함'으로 부활한 남편의 이름

2009년 9월 23일 남편의 이름이 붙은 '한상국 함'의 진수식이 경남 진해에 있는 STX 조선해양에서 열렸다. 그 배는 유도탄 고속함 PKX-A 2번함으로, 그 해 6월에 만들어져 서해에 작전 배치된 윤영하 함을 비롯하여 1번부터 6번까지 모두 제2연평해전 전사자의 이름을 붙이기로 했다. 그날은 2번함인 한상국 함과 3번함인 조천형 함의 진수식이 나란히 거행되었다. 진수식은 말 그대로 뭍의 도크에서 만들어진 배가 물로 들어가는 것을 기념하는 행사이다. 19세기 초 영국 빅토리아 여왕이 주관한 이후 진수식에서 여성이 줄을 자르는 것이 전통이 되었다. 이날은 정옥근 해군참모총장의 부인 장은숙 여사가 도끼로 줄을 잘랐다.

아직 아랫부분이 물에 잠기기 전 배의 크기는 엄청나게 컸다. 크기만으로도 위압감을 줄 정도였다. 그런 큰 함정이 남편의 이름을 달고 우리 바다를 지키게 되다니, 그렇게까지 배려해주신 분들께 정말 감사하다. 해군은 '가문의 영광'이라 했다. 물론 나도 그렇게 생각한다. 호랑이는 죽어서 가죽을 남기고 사람은 죽어서 이름을 남긴다더니 남편은 정말 확실하게 이름을 남기고 저세상에 간 것이다.

하지만 진수식 때까지만 해도 나에게는 불만이 남아 있었다. 계급 추서 등 남편의 명예에 관한 일은 여전히 해결되지 않았는데 해군 함정에 남편 이름을 붙이는 것이 무슨 소용일까 하는 생각 때문이었다. 그래서 나는 참석한 모든 분께 감사의 인사를 하면서도 크게 흥이 나지는 않았다. 명예 회복에 관한 일이 먼저 해결되고 한상국 함 진수식을 했더라면 정말 마음껏 축하하고 진심으로 기뻐했을 것 같다.

해군에서는 "이 정도 해줬으면 되었지 저 여자는 뭘 더 원할까"라며 나를 욕심 많은 여자라고 욕했을지도 모른다. 하지만 '전사자를 순직자로 만들어놓고, 뭐 좋은 일이라고 배는 만들었을까? 아무리 여러 가지 일을 만들어주면 무엇 하나, 정작 선행되어야 할 일에는 묵묵부답하고 있는데……'라는 생각에 마냥 기뻐할 수만은 없었다.

아직도 끝나지 않은 공부에 대한 열망

2009년 봄 야간 대학에 진학했다. 서울에 있는 전문대의 문헌정보학과. 어릴 때는 몸이 약해 공부는커녕 침대에 누워 있는 날이 많았다. 어릴 때는 못했지만 뒤늦게 공부하지 않으면 안 되겠다는 생각이 들었다. 2004년 사이버대학에 다닐 때까지만 해도 나는 배우지 않아도 잘 하고 있다고 자신감에 넘쳤다. 하지만 이 무렵 내 생각이 짧았다는 것을 알게 되었다. 전문대학이라도 졸업해야 조금 덜 무시당할 것 같았다. 또 취직을 해야 했는데 고졸 학력으로는 어디 이력서를 내밀기도 어려웠다. 그래서 대학에 발을 들여놓은 것이다.

나는 수업 시간에는 충실하게 강의를 듣는 편이었다. 그래서인지 나름대로 수업을 잘 요약할 수 있었다. 야간 대학이었기 때문에 수강생의 거의 대부분이 직장인이었다. 내가 만든 요약본을 직장에 다니는 언니들에게도 나눠주었다. 그때부터 같이 공부하던 언니들도 내 공부를 도와주기 시작했고 서로 돕고 도우며 대학을 졸업할 수 있었다. 지금 생각해보면 4년제 대학교에 안 간 것이 조금

아쉽다. 하지만 그때는 내가 희망하여 진학한 학교이면서도 가끔은 게으름을 피우게 되었고 어떤 때는 지겹기도 해서 2년제도 간신히 마칠 수 있는 지경이었다. 그 후 경희대에서 학점은행제 수업을 들었다. 한동안 토요일마다 학교에 가서 하루 종일 수업을 들었다. 이러저러하여 학사 학위 취득에 필요한 학점을 거의 다 이수했다. 지금은 독학사 시험을 준비하고 있다. 개선되었으면 하는 보훈 정책, 국민들의 군에 대한 존중 및 정확한 안보 인식 등도 제고시키려면 나부터 공부해야 한다는 생각이기 때문이다. 어쨌든 공부를 더 해야 한다는 나의 열망은 아직도 진행형인 셈이다.

전쟁기념관에 만들어지는 참수리 357 복제본

2010년 2월 10일 나의 요구 사항이 또 하나 받아들여지게 되었다. 참수리 357호정 복제본이 전쟁기념관에 만들어지기 시작한 것이다. 당초 나는 배의 실물을 전쟁기념관에 전시할 것을 요청했다. 미국에서 돌아올 때부터 "당연히 해야 한다. 할 수 있는데 국방부에서 왜 안 된다고 하는지 모르겠다. 평화가 그냥 지켜지는 것이 아니라는 걸 후세들에게 보여줘야 한다"라면서 전쟁기념관 전시를 주장했다. 그런데 결국 실물은 해군 교육용으로 제2함대에 두고 대신 전쟁기념관에는 복제본을 만들어 전시하기로 하였다.

배의 복제본 전시까지도 정말 우여곡절이 많았다. 내가 자꾸 실물 전시를 주장하자 그 방법에 대해 여러 가지 의견이 나오기도 했다. 실물을 가져오려면 당연히 문제가 많았다. 그 큰 배를 평택에서 서울 용산까지 어떻게 싣고 올 것인가?

참수리 357정은 150톤 급 고속정이다. 길이 33m, 폭 6.9m, 높이 10.7m 크기다. 침몰 53일 만에 인양되어 평택 해군 제2함대 사령부에 전시됐다. 북한 경비정의 85mm 함포 포탄이 뚫고 지나간 큰 구멍부터 7.62mm 소총탄을 맞은 작은 구멍까지 258개의 교전 상흔이 곳곳에 남아 있다.

나와 추모본부는 2003년 광화문에서 열린 1주기 추모 행사 때부터 357호의 전쟁기념관 전시를 위한 서명 운동을 벌여왔다. 2007년 2월에는 한국국방안보포럼KODEF과 인터넷 사이트 '군사세계'를 중심으로 357정 이전 캠페인을 벌이기도 했다. '군사세계'는 군사 전문가인 조선일보 유용원 기자가 운영하는 사이트이다. 당시 여야 국회의원 45명도 "357정에는 치열했던 교전 상황의 흔적이 고스란히 남아 있어 관람하는 것만으로도 장병뿐 아니라 국민 모두에게 살아 있는 교육적 가치를 제공하고 있으나 지방 군부대에 있다 보니 접근에 한계가 많다"라며 이전 촉구 결의안을 냈다.

그해 임시국회에서 원혜영 의원은 이 문제에 대해 다음과 같은 요지의 질의를 했다.

"서해교전 5주기를 맞아 참수리호를 전쟁기념관으로 옮기자는 캠페인이 벌어지고 있다. 군에서는 10여 곳 이상 절단해야 수송이 가능하다고 하나 네댓 개 절단으로 가능하다는 주장이 있다. 관람

절차가 간소화됐다고는 하나 제2함대는 지방이다 보니 접근성이 떨어진다. 더 많은 논의가 필요하며 국민의 신뢰에 기반하여 군이 존재한다고 볼 때 더 큰 관점에서 생각해 볼 필요가 있다."

하지만 노무현 정부 시절이던 당시 국방부에서는 다음의 이유로 난색을 표했다.

"전쟁기념관에 전시할 경우 국민 접근성은 좋으나 장병 접근성은 떨어지게 된다. 군에서는 제2함대 사령부에 전시하여 서북 해역의 중요성을 고려하여 군 장병들에 대한 정신 교육의 장으로 활용하고자 한다. 또 제2함대 사령부에서는 서해교전 기념 공원화를 추진하고 있기 때문에 참수리호가 필요하다. 수송을 위해서는 20개 이상 절단해야 한다. 다만 수송기 등을 이용하면 이전에는 큰 문제는 없다고 본다."[26]

여러 이유가 있었지만 가장 큰 문제는 이전 비용이었다. 선체 절단, 수송, 복원 등에 20억 원, 함정 거치대 설치에 6억 5000만 원 등 이전 비용이 총 26억 5천만 원이 든다고 했다. 또 옮기려면 열 조각 이상으로 분해해야 하기 때문에 원형이 훼손될 우려가 있다고도 했다. 이러한 논쟁의 반복으로 의미 없는 시간만 자꾸 흘러갔다.

2008년 초 나는 언론과 인터뷰하는 자리에서 또 이전을 주장했고 그것이 나의 귀국 뉴스와 함께 다시 사람들의 관심을 끌게 되었다. 그러던 중 이전 비용 전액을 대겠다는 분이 나타났다. 예비역 해군 중령 출신인 제삼한강통운 이완용 회장님이었다. 이 회장님은 "더 많은 국민이 관람하며 추모할 수 있도록 전쟁기념관으로 옮겨 전시하는 비용을 전액 지원하겠다"라며 국방부와 해군에 일곱 차례나 민원을 제기하셨다고 했다. 결국 이 회장님의 재정적 도움을 받지는 않았지만 어쨌든 감사한 일이다. 여러 사람들의 촉구는 해군이나 정부에 자극이 되었을 것이고 그 덕에 복제본이나마 참수리호의 전쟁기념관 전시가 성사될 수 있었다고 생각한다.

당시 해군이 내세운 이전 불가의 가장 큰 이유는 이송을 위해 선체를 분해하면 원형을 복원하기가 힘들다는 것이었다. 평택에서 서울 용산으로 오는 길에 있는 터널이나 육교 때문에 선체를 여섯 조각 이상으로 잘라야 하는데 그 경우 일단 선체가 낡았고, 북한의 공격으로 생긴 피탄구被彈口들의 원형 복원도 어렵다는 것이었다.

군 관계자는 나를 제외한 다른 유가족들은 이전을 반대한다고도 말했다. 자식들의 혼이 서려있는 선체에 손을 대는 것을 싫어한다는 것이었다. 또 "군 입장에선 북한에 당한 것이기 때문에 많은 국민 앞에 내놓기 창피한 측면도 있다"라고 말하는 사람도 있었다.

우여곡절 끝에 결국 정부 관계자는 "참수리 357정의 복제 함정을 만들어 제2연평해전 기념식을 전쟁기념관에서 개최할 때 공개키로 했다"라고 발표했다. 실물 이전이 아니라 복사본 전시로 결정되었지만 크게 섭섭하지는 않았다. 참수리 357정을 전쟁기념관에 전시함으로써 제2연평해전을 기억하게 하고 안보 교육에 도움을 주려는 나의 의도는 이룰 수 있었기 때문이다. 복제본이 다 만들어져서 전시를 시작한 것은 2010년 6월 1일부터였다. 서울 용산 전쟁기념관 야외전시관에 '참수리 357정 안보전시관'을 마련하고

6월 3일 개관식을 개최했다.

천안함 피격 사건

전쟁기념관에서 참수리 357호가 만들어지기 시작한 지 한 달 후인 2010년 3월 26일 서해에서 또다시 엄청난 비극이 벌어졌다. 천안함이 피격당해 침몰하여 해군 장병 46명과 수색 작업을 벌이던 UDT 대원 한주호 해군 준위가 목숨을 잃은 것이다. 천안함은 1200톤 급으로, 참수리 357정의 열 배에 가까운 큰 배였다.

장례는 5일간의 해군장으로 치러졌고 정부는 장례 기간을 국가 애도 기간으로 선포했다. 또 영결식이 열리는 3월 29일을 국가 애도의 날로 정했다. 이명박 대통령이 서울광장에 차려진 합동분향소를 찾아 조문했고, 정운찬 국무총리는 장례 첫날 평택 제2함대사령부의 분향소를 찾아 유족들을 위로했다.

해군 제2함대 사령부와 서울광장 등에 설치된 분향소에 주요 인사들의 조문 행렬이 줄을 이었다. 김영삼 전 대통령, 거스 히딩크 Guus Hiddink 축구 대표팀 감독, 월터 샤프Walter Sharp 주한미군 사령관, 캐슬린 스티븐스Kathleen Stephens 주한 미국대사 등 거물급 인사들의 모습도 보였다.

정말 안타까운 일이다. 사람들은 전쟁은 이미 오래전에 끝났고 지금은 평화로운 때라고 생각하지만 그건 큰 오산이다. 아니 나도 전에는 그렇게 생각했다. 망망대해, 보이는 것은 작은 어선들, 그 평화롭고 조용한 바다에 뭐 지킬 게 있다고 내 남편은 허구한 날 배를 타고 바다에서 근무하는 걸까? 누가 쳐들어온다고 만날 힘들 게 훈련을 하는 것일까?

그런데 2002년 6월 29일 정말 전쟁이 일어났고 다른 사람도 아 닌 바로 내 남편이 그 전쟁에서 치열하게 싸우다가 총탄을 맞고 숨 졌다. 그리고 시신을 바로 건지지도 못해 그 차디찬 바닷속에서 41일이나 외롭게 남아 있어야 했다. 우리 해역이었지만 시신을 즉 시 인양하러 갈 수 없는 어처구니없는 일이 벌어진 것이다.

그로부터 10년이 채 안 되어 또 해군 장병이 46명이나 목숨을 잃 는 엄청난 일이 벌어졌다. 그 목숨도 당연히 안타깝지만 더 안타까 운 일은 그들의 죽음이 제대로 평가되고 인정받지 못한다는 점이 다. 우리 영해를 침범한 적과 실제 전투를 벌이다가, 혹은 전방 영 해를 지키다가 폭침당한 우리 해군들의 죽음에 무슨 그렇게 여러 말이 필요할까? 정말 이해할 수 없는 일의 연속이었다.

천안함 실종자 가족을 만나다

천안함 사건이 일어났을 때 나는 제2함대로 찾아갔다. 인양 작업 이 계속되고 있었는데 먼저 시신을 수습한 장병들의 장례가 미뤄 져 시신이 훼손될 우려가 있다는 기사를 읽었다. 실종자 가족과 시신을 찾은 유가족 사이에 갈등이 생긴 것이다. 유가족은 빨리 장례를 치르기를 바랐지만 실종자 가족은 다 찾은 후 함께 장례 치르기를 원했다. '기다리라'라는 가족들과 '기다리지 못하겠다'라는 가족들 사이에 생긴 갈등을 해군에서 조율하지 못하고 있다는 기사를 읽은 것이다.

"나는 남편이 실종 상태로 있었던 경험자이니 내가 가서 얘기를 해볼게요."

처음 해군에서는 그다지 달갑게 생각하지 않았다. 하지만 별다른 대안이 없었는지 한번 와보라고 했다. 당시 없는 돈을 털어 과일 등을 많이 사가지고 제2함대로 갔다. 2002년 당시를 떠올리고 유가족은 물론 거기서 일하는 사람들이 간식이나 제대로 먹겠나 하는 생각에서 준비해 간 것이다.

그런데 막상 가보니 그곳은 제2연평해전 당시와는 전혀 다르게 모든 것이 다 갖춰져 있었다. 간식은 물론 의료진이 와서 유가족과 실종자 가족의 건강까지 꼼꼼하게 살피고 있었다. 현장에서 질서를 유지하고 연락해주는 장교들은 수시로 친절하게 상황을 설명해주었다. 2002년 내가 일을 겪었을 때 가장 아쉽고 답답했던 것은 누구도 우리에게 상황 설명을 안 해준다는 것이었다. 이미 저질러진 상황은 어쩔 수가 없지만 그 상황을 수습하는 해군과 정부의 대처가 무질서하고 무성의했던 것을 그동안 계속 지적해왔는데 그런 점이 많이 개선된 것이다. 한편으로는 정말 잘 되었다는 생각이 들면서도 2002년에 겪었던 답답함이 생각나 가슴이 아프기도 했다.

'개선된 거야. 그러면 되었지. 그걸로 만족해.'

마음을 다독이며 천안함 실종자 가족을 만나러 갔다. 그곳에서 문득 박경수 하사(추서 전 계급, 천안함 사건 때 실종)의 아내를 만났다. 박 하사는 제2연평해전 때 357정을 타고 함께 전투를 했던 전우이다. 2002년에는 다행히 생존하여 군 생활을 계속했는데 천안함을 타고 있다가 변을 당한 것이었다.

"언니, 와주셔서 감사해요. 안 그래도 언니한테 연락드리고 뵙고 싶었어요."

박 하사 아내의 얘기로는 유가족들이 나를 만나려고 해군에 내 연락처를 여러 번 물었다는 것이다. 그들은 어떻게 해결했는지 내게 묻고 싶었던 것이다. 나는 경험자로서 유가족, 실종자 가족들 앞에 섰다.

"시신을 찾으신 분들 먼저 장례를 치를 수 있도록 해주세요. 어차피 천안함은 천안함으로 같이 가는 거지 먼저 장례를 치렀다고, 혹은 나중에 장례를 치렀다고 달라지는 것은 아닙니다. 저희도 40여 일 후에 시신을 인양했고 박동혁 병장은 그 후에 숨졌지만 제2연평해전 전사자로 함께 예우 받지 않습니까?"

내 말이 그분들의 마음을 움직였는지 그날 저녁에 장례 문제가 타결되었다고 언론에 보도되었다. 먼저 시신을 인양한 가족부터 장례를 치르기로 했다는 것이다. 물론 이 일을 내가 했다는 이야기는 없었다. 또 누가 어떻게 해결했는지가 중요한 것도 아니다. 하지만 나는 경험자로서, 해군 가족으로서 나름 최선을 다하여 유족을 위로하고 해군을 도왔다는 데 의미를 두었다.

유족들의 슬픔과 애타는 마음을 보고 돌아온 후 다시 가슴속에 분노가 차올랐다. 왜 이런 식으로 계속 당해야 하는 걸까? 이렇게 대한민국의 군인들이 죽어나가고 전 국민이 슬픔을 겪는 일이 벌어졌는데 왜 가해자로부터 사과 한 마디 못 받는 걸까? 사과를 못받는 정도가 아니라 왜 사과하라고 요구도 못 하는 걸까? 항의도 못하는 걸까? 왜 우리는 이것밖에 못하는 걸까?

당하고 난 후에 누구 탓이네, 누가 잘못했네, 설왕설래만 하고있을 뿐이다. 이런 얘기에 에너지를 쏟는다 해서 확실하게 책임질사람이 나오는 것도 아니다. 아니, 누가 잘못했는지는 이미 드러나있다. 그것도 중요한 게 아니다. 가장 중요한 것은 앞으로의 일이다. 앞으로 어떻게 해야 똑같은 비극을 겪지 않을 것인가, 그 문제에 집중해야 했다. 그런데 말은 많지만 재발 방지를 위해 어떤 노력을 한다는 등의 대책은 하나도 없다. 그러니 같은 비극이 되풀이되는 것이다.

장례식에도 참석했다. 2002년과는 달리 무척 성대한 장례 행사였다. 그때는 민간인 조문을 막았었는데 천안함 희생자 장례식은해군 부대 안에서 치렀지만 민간인 조문을 허용했다. 그것부터차이가 있었다. 취재 기자도 여럿 보였다. 거기서 나를 알아본 어느 기자가 심경을 물었다. 섭섭한 마음에 나는 한 마디를 하고 말았다.

"8년 전에는 대한민국 사람들 다 어디 갔었나요?"

8년 전 제2연평해전이 일어났을 때 월드컵에 정신이 팔려 희생자가 있었는지 없었는지 관심도 없던 그 대한민국 국민들, 매체의 기자들, 유족을 홀대하던 정부, 그들은 다 어디론가 사라지고 완전히 새로운 국민과 정부 관계자와 기자들이 장례식장으로 몰려온 것 같았다. 지금 생각하면 그때 내가 말실수를 했다. 남의 장례식에 가서 푸념을 한 셈이 되었기 때문이다.

조심스러운 천안함 이야기

천안함 이야기를 할 때마다 무척 조심스럽다. 나의 본뜻이 왜곡되고 오해를 산 적이 한두 번이 아니었기 때문이다. 하지만 내가 천안함 이야기를 하지 않으면 안 되는 이유가 있다. 그 첫째 이유는 천안함의 사후 처리에서도 원칙 없는 정부의 업무 방식이 고스란히 드러났기 때문이다. 또 둘째 이유는 여러 언론에서 천안함 이야기를 하면서 자꾸 제2연평해전의 경우를 비교했고 나에게 인터뷰 요청을 해왔기 때문이다. 기자들이 보기에도 뭔가 형평에 안 맞고 문제가 있기 때문에 비교 기사를 자꾸 만들어내는 것이었다. 예를 들면 이런 기사[27]이다.

정부가 전사자에 준하는 예우를 하고 있는 천안함 희생자 46명이 받는 대우는 8년 전인 2002년 제2연평해전(서해교전) 전사자 여섯 명과 비교된다. 제2연평해전 전사자는 당시 '공무상 사망자'로 처리됐다. 그때만 해도 전사와 순직이 따로 구분되지 않았기 때문이다. 2004년에 군인연금법이 개정되면서 비로소 군인의 공무 사망 기준이 '전투에 의한 전사'와 '일반 공무에 의한 사망'으로 세분화됐다. 나라를 위해 싸우다 장렬히 전사한 제2연평해전 해군 장병에 대한 보상 수준이 재해로 사망한 일반인에 비해 턱없이 낮다는 지적이 계기가 됐다.

이번 천안함 희생자 유가족들에게는 일시금(사망조위금·사망보상금·퇴직수당 등)이 지급된다. 매달 유족연금과 보훈연금도 나온다. 원사의 경우 유가족은 일시금 3억 5,870만 원을 받는다. 이외에도 매달 유족연금 161만 원, 보훈연금 94만 8천 원이 나온다. 사병 유가족들은 일시금 2억 원을 받고 매달 보훈연금으로 94만 8천 원씩 받는다. 국민성금은 별도다. 군 유가족에 대한 일시금 등은 희생 당시 계급을 기준으로 지급된다.

사회복지공동모금회 관계자는 27일 "현재까지 KBS 모금액을 포함해 250여억 원의 성금이 모였다"라며 "영결식을 마무리한 뒤(천안함 유족, 고 한주호 준위 유족, 98금양호 유족 등에 대한) 구체적인 배분 비율과 방법을 논의할 계획"이라고 말했다. 250억 원을 46명의 유가족에게 나눠준다고 가정하면 한 가족당 5억 4,000여만 원 꼴이 된다.

앞서 제2연평해전 유가족들은 사망보상금(3,100만~5,700만 원)과

민간 성금 4억 원을 포함해 많게는 4억 8,000만 원에서 적게는 4억 3,000만 원을 받았다. 한 유가족은 "먼저 간 아들의 목숨 값 더 달라는 얘기로 비칠까봐 몇 년 동안 아무 얘기 안 하고 살아왔다"라면서 "나라를 위해 목숨 바친 전사자와 유가족을 예우하고 대접하는 나라가 진짜 제대로 된 나라"라고 말했다.

천안함과 제2연평해전 전사자들은 1계급 특진이 추서됐다. 하지만 훈장의 격이 조금 다르다. 천안함 희생자 46명 전원에게는 화랑무공훈장이 추서될 예정이다. 제2연평해전 전사자 중 윤영하 소령과 박동혁 병장에게 화랑무공훈장보다 한 단계 높은 충무무공훈장이, 서후원, 황도현, 조천형, 한상국 중사에게는 화랑무공훈장이 추서됐다.

천안함 전사자 장례는 5일간의 해군장으로 엄수되고 있다. 정부는 장례 기간을 국가 애도 기간으로 선포하고, 영결식이 열리는 29일을 국가 애도의 날로 정했다. 이명박 대통령이 26일 서울광장의 합동분향소를 찾아 조문했고, 정운찬 국무총리는 장례 첫날인 지난 25일 평택 제2함대 사령부의 대표 분향소를 찾아 유족들을 위로했다.

반면 제2연평해전 전사자들의 장례는 3일간 해군장으로 치러졌다. 2002년 7월 1일 분당 국군수도병원에서 열린 '서해교전 전사자 합동 영결식'에는 당시 김대중 대통령은 물론 이한동 국무총리, 김동신 국방장관, 이남신 합참의장 등 정부와 군 고위 인사들이 참석하지 않았다. 2008년에야 '서해교전'이라는 명칭이 승전 개념의 '제2연평해전'으로 바뀌었고, 정부 주관의 국가적 기념식으로 격상됐다.

시작은 당연히 '돈' 문제가 아니었다. 명예의 문제였다. 군인에게 가장 중요한 것은 명예 아닌가? 그런데 끝은 항상 돈 문제로 흘러갔다. 사람들은 제2연평해전 유족들이 돈 더 받으려고 난리라고 그랬다. 물론 끝에는 항상 돈 문제가 걸려 있었다. 계급 추서도 돈과 관련될 수밖에 없다. 한 계급이 더 올라가면 그만큼 연금 금액도 높아지니까. 하지만 정말 우리가, 아니 다른 유족은 잘 모르겠다, 내가 돈에 눈이 어두워서, 한 푼이라도 더 받으려고 그렇게 비난을 받으며 나서서 투쟁했던가? 그건 분명 아니다.

천안함 사건이 일어났을 때는 이명박 대통령 재임 시절이었다. 천안함 승조원 구조 상황은 텔레비전으로 생방송되었고 전 국민이 숨죽이며 텔레비전 앞에서 한 명이라도 더 구조하기를 기다렸다. 에어포켓 안에 생존자가 있을 것이라는 희망 고문으로 국민들은 시간이 흘러가는 것을 안타까워했다.

그렇게 많은 시선과 안타까움을 의식해서였는지 천안함 전사 상자들에 대해서는 정부가 앞장서서 예우를 해주었다. 보상금이야 어차피 국민 성금이 많은 부분을 차지하니 그에 대해서는 얘기할 필요가 없다. 중요한 것은 명예를 세워주는 것이다. 명예와 가장 큰 관련이 있는 것은 전사자 계급 추서의 문제이다. 천안함 전사자들 중 시신 인양 날짜 가까이 진급 예정 날짜가 있는 사람들은 모두 진급을 인정해주었다. 그래서 특진 포함하여 두 계급 높게 추서되었다. 물론 예우해주는 것 자체가 나쁘다는 것은 아니다. 다만 형평성을 얘기하는 것이다.

계급 얘기를 좀 더 해보자. 2002년 제2연평해전 당시 내 남편의 계급은 하사였지만 엄밀히 말하면 7월 1일 중사 진급을 이틀 앞둔 '중사(진)'이었다. '중사(진)'이란 중사 진급이 이미 확정됐으나 정식 진급이 되지 않은 상태를 뜻하는 말이었다. 해전이 터지고 박동혁 병장을 제외한 다른 네 명은 6월 29일에 전사했다. 그런데 내 남편은 40여 일 동안 실종 상태로 처리되었다. 그렇다면 그 실종 기간에 남편은 중사로 진급했다고 볼 수 있다. 그래서 추서 계급이 상사가 되었어야 했다. 만일 중사로 진급하지 못하고 6월 29일에 전사한 것이 확실했다면 시신을 인양했어야 했고 실종자로 남기지 말았어야 했다.

하지만 해군은 전사일을 전쟁 발발일로 결정했고 남편은 당시 중사 진급 예정이었기에 결국 중사로 추서됐다. 나는 청와대와 해군에 이 문제를 해결해줄 것을 수도 없이 요청했다. 계속 거부 당하고 여전히 해결되지 못한 상황이었을 때 천안함 사건이 일어난 것이다.

천안함 사건 때 사망한 장병 중에도 남편과 비슷한 경우였던 사람이 몇 있었다. 그때는 진급일이 4월 1일이었다. 사건은 3월 26일에 터졌는데 시신을 4월 1일 이후에 인양하여 4월 1일 진급 대상자는 모두 일단 한 계급을 올리고 거기서 다시 추서했다. 시신 인양일을 사망일로 인정하여 추서 계급을 조정해준 것이다. 내가 가장 섭섭했던 점이 바로 이것이었다. 10년 가까이 외친 내 목소리는 철저히 무시했으면서 천안함 장병의 경우 정부가 그냥 알아서 '진급 후 추서'해준 것이다.

해군에 전화를 해서 따졌다.

"어떻게 이럴 수가 있나요?"

"한 중사님은 6월 29일에 돌아가시지 않았습니까?"

"6월 29일에 죽는 걸 당신 눈으로 봤나요? 그럼 왜 그때 시신을 안 건져줬나요? 왜 41일이나 실종으로 놔두었나요? 그 실종이란 건 해군이 만들어낸 거잖아요? 전화 그런 식으로 받지 마세요. 당신이 그런 일 당했다면 당신 안사람은 가만히 있겠어요? 어떤 사람이 가만히 있겠어요? 같은 잣대여야지, 정권이 바뀌었다고 권력자 마음대로 전사자 처우가 왔다 갔다 해요? 너무한 거 아니에요?"

"그게 아닙니다. 저희는 법 해석에 따른 겁니다."

"그래요. 그 법이라는 게 귀에 걸면 귀걸이, 코에 걸면 코걸이이지요."

한동안 이 때문에 너무도 힘이 들었다. 내 남편만 불쌍하다는 생각이 들었다.

"당신 왜 그랬어? 전투가 벌어졌을 때 좀 숨어 있지. 그렇게 죽는다고, 그렇게 나라를 위해 목숨 바친다고 누가 알아줘. 좀 숨지 그랬어……."

물론 남편이 멀쩡하게 돌아왔으면 마음의 짐은 컸겠지만 오죽하면 그런 생각까지 하게 되었을까.

국방부에도 항의를 했다.

"안 됩니다. 김한나 씨 남편의 계급을 올려주려면 6·25전쟁 전사자부터 다 조정해야 합니다.”

 “다 해줘야 하면 다 해주면 될 것 아닙니까? 나라를 지키다 목숨을 바쳤는데 그들에게 국방부는 뭐가 그렇게 아까운 건가요? 예전에 못 해드린 거 지금이라도 해드려야 하는 거 아닌가요?”

 천안함 희생자들이 제2연평해전 희생자에 비해 더 나은 예우를 받았다고 내가 배가 아파서 그런다고 말하는 사람도 있었다. 그들이 제대로 된 예우를 받은 것에 내가 왜 화를 내겠는가? 해군이 항상 주장하는 것처럼 우리는 '해군 가족'이다. 제2연평해전 생존자 중에 천안함을 탔다가 거기서 희생된 장병도 있다. 천안함이나 참수리호나 뗄 수 없는 관계에 있다.

 내가 화나는 것은 정부와 해군의 처사 때문이다. 원칙 없이, 내키는 대로, 사회 분위기에 따라, 대통령 등 권력자 기분에 따라 전사자, 순직자의 예우가 왔다 갔다 하는 상황과 정부, 해군의 태도에 화가 나는 것이다. 그리고 가족 같은 동료 장병의 희생 앞에서 그들의 예우를 논란거리로 삼아야 하는 내 상황과 처지에 화가 나 견딜 수가 없었다.

내가 원하는 것은 정당한 예우뿐

천안함 사건 이후 나는 다시 목소리를 높이게 되었다.

 “보상금을 더 원하거나 대단한 명예를 원하는 게 아니다. 그저 우리 남편이 당연히 받아야 했을 공로 인정과 예우, 그거면 족하다."

그때까지 수없이 많이 이의를 제기했는데도 제2연평해전 여섯 전사자는 여전히 '공무 중 사망', 즉 '순직'으로 처리되어 있었다. 2004년에 전사와 순직을 구별하여 예우하는 법이 만들어졌는데도 제2연평해전 전사자들에게는 소급 적용이 되지 않았다. 물론 우리나라에서는 원칙적으로 소급 입법을 하지 않는다. 하지만 특별법 제정으로 소급 적용은 가능하지 않은가(2017년 12월 29일 국회에서 '제2연평해전 전사자 보상 특별법'이 통과되어 결국 소급 적용이 되었다). 제2연평해전에서 장병들은 정말 총을 들고 격렬한 전투를 벌이다 전사했는데 왜 전사자 예우를 못 받는 걸까? 법이 없다면 모를까 필요에 의해 법까지 만들어졌는데……

천안함 희생자들에 대한 예우가 제대로 행해짐으로써 내 남편은 그 '정당한' 예우마저도 못 받고 있다는 사실을 더욱 절실하게 깨닫게 되었다. 그런데 형평을 강조하는 내 말에 돌아오는 것은 비난뿐이었다. 천안함 사건으로 전 국민이 침통함에 빠져 있을 때여서 더욱 그랬다. 많은 사람이, 내가 천안함의 비극을 틈타서 돈을 더 많이 뜯어내려 하고 있다고 여겼다.

천안함 때 할 만큼 했다고 생각한 정부와 해군은 내 얘기에 더욱 귀 기울이지 않았다. 그들은 이의를 제기하는 내게 "우리가 뭘 잘못했느냐"라고 화를 내기도 했다. 천안함은 희생자가 많으니 어쩔 수가 없었다고 얘기하기도 했다. 대체 그게 말이 되는 소리일까?

김만나 님께

임인년 새해가 밝았습니다. 요즈음 쌀쌀한 추위가 매서운데 건강이 상하시는지 궁금합니다. 올해로 제2연평해전 10주년을 맞이하니, 나라를 지키다 고귀한 희생을 하신 故 한상국 중사 님의 마음 생각납니다. 세월이 지날수록 고인이 남긴 애국적 헌신의 자취는 우리 가슴에 더욱 또렷해지고 있는 것 같습니다.

우리 국민 모두에게 제2연평해전은 승리의 해전인 동시에 꽃다운 젊은 목숨들이 희생된 아픔의 역사입니다. 사랑하는 가족을 잃은 슬픔을 이겨내며, 의연하게 맡은 바 자리에서 최선을 다해 주고 계신 유가족들께 진심으로 감사드립니다.

다시 한 번 큰 아픔을 꿋꿋이 이겨내고 계신 데 따뜻한 위로와 감사의 말씀을 드립니다. 아무쪼록 건강에 각별히 유의하시고, 따뜻한 설 명절 되시기 바랍니다. 새해 가정에 건강과 행복이 가득하시길 진심으로 기원합니다.

2012년 1월
대통령 부인 김윤옥

이명박 전 대통령의 영부인 김윤옥 여사가 보낸 격려 편지.

법이 바뀌어 전사상자에 대한 예우가 더 좋아지는 것은 나도 환영한다. 그런데 전사상자에 대한 예우는 원칙에 입각하여 형평성을 가지고 시행되어야 한다. 대통령에 따라, 일부 권력자의 마음에 따라, 국민들의 관심 여부에 따라 예우가 오락가락해서는 안 된다는 것이 내 주장이다.

2012년 초에 이명박 대통령 영부인께서 위로의 편지를 보내주셨다. 물론 감사하지만 내가 진정으로 원하는 것은 그런 것이 아니었다. 군 전사상자에 대한 정당한 예우가 법으로 정해지고 남편도 그에 따라 정당한 예우를 받고 명예를 회복하는 것, 그것만이 나의 소망이었을 뿐이다. 뭔가 다 해결되었다고 생각했던 이명박 대통령 재임 기간에 나는 깊은 절망감에 빠졌다. 그나마 제2연평해전에 우호적인 분도 그 정도로밖에는 해줄 수 없다는 생각에서였다. 앞으로 나아갈 길은 이전보다 더욱 멀고 좁아진 느낌이었다.

끝
나
지
않
은

나
의
전
쟁

다시 시작된 나의 전쟁

2010년 5월 27일 동아일보 기자가 나를 찾아왔다. '제복이 존경받는 사회'라는 시리즈를 준비하고 있다고 했다. 그 시리즈는 고 박동혁 병장 이야기로 시작하여 고 윤영하 소령 이야기로 끝을 맺었다. 이렇게 다시 나의, 우리의 이야기가 들춰졌다. 미국 우스터에서 전사자의 아내로서 대접받았던 이야기, 한국을 떠났던 이야기, 미국에서의 구차했던 삶 이야기, 귀국 후의 실망 등에 대하여 다시 기사화되었다. 기사를 써준 것은 고마운데 이게 뭔가 싶었다. 마치 듣는 사람 없는 녹음기처럼 똑같은 이야기를 끝도 없이 반복하고 있다는 생각이 들었다.

'인터뷰를 하면 뭘 하나, 기자만 바뀔 뿐 내 이야기는 똑같다. 몇 번이고 똑같은 이야기가 언론에 보도되었지만 달라지는 것은 없다. 그런데 기자들은 왜 자꾸 나에게 찾아오는 것일까?' 이런 생각에 회의가 느껴졌다. 그러나 달리 생각해보면 그렇게 비관적인 것만은 아니었다.

'세상이 조용하면 그대로 묻혀버릴 일이 이렇게 또 들춰지는구나. 이러다 보면 언젠가는 내 주장에 대한 메아리가 있겠지.'

천안함 사건으로 인해 만들어진 파장이 다시 또 우리 사회에 퍼져나갔다. 물론 이런 엄청난 비극은 다시는 일어나서는 안 될 것이다. 하지만 그런 사건이 만들어내는 파장들이 자극이 되어 정부가, 해군이 조금씩 조금씩 바뀌고 있었다.

동아일보 기자는 기사의 끝부분에 이렇게 썼다.

"김(한나) 씨는 천안함 사건을 계기로 오랫동안 접었던 싸움을 재개하려 한다."²⁸

남편의 진급 문제에 대한 이야기였다. 그의 말대로 나의 전쟁이 또다시 시작되었다.

이명박 정부가 들어선 이후 해군에서 나를 '선생님'이라 부르지만 그 이전 정부 때는 '미친 여자', '성질 더러운 여자' 등으로 치부했다. 그때 그들에게 나를 '해군 가족'이라 부르지 말라고 화를 내기도 했다. '가족'이라면 어떻게 그렇게 대우할 수 있었을까. 나에게 해군은 애증의 대상이다. 밉다고 완전히 끊어버리고 영원히 안 볼 수도 없는 존재이다. 문제가 생겼을 때 나는 "해군이 안 도와줘서 일이 제대로 안 되었다"라고 거침없이 말해버린다. 그러니 해군에서는 내가 부담스럽고 불편한 존재임에 틀림없다.

하지만 내가 나서서 해군에게 폐를 끼친 것은 없다. 해군의 이미지를 손상시킨 일을 한 적도 없다. 오히려 결과적으로는 해군에 도움이 되었을 것이다. 제2연평해전 이후 전사자의 이름이 붙은 배도 만들어졌고 전사상자에 대한 예우도 개선되었다. 적과 마주하고 있는 대한민국의 군인이라면 그 누구도 전사의 위험에서 자유로울 수 없다. 전사상자에 대한 예우 개선은 전 군에게 도움이 되는 일이다. 어찌 보면 그 일을 위해 이제껏 온갖 비난을 무릅쓰며 내가 싸워온 것일지도 모른다.

제2연평해전이 일어난 후 10년이 지났을 무렵부터는 해군도 내가 해온 일을 이해하고 인정해주는 듯했다. 그래서인지 호칭부터 '선생님'으로 바뀌었다. 내가 해군에 원하는 것은 좀 더 큰 그림으로 멀리 보는 것이었다. 해주어야 하는 것은 해주고 해줄 수 없는 것은 아예 안 되는 것으로 굳히기를 원했다. 또 개선할 수 있는 것은 개선해나가기를 원했다. 뭔가 해줄 수 없을 때는 타당한 이유가 있어야 하는데 해군에는 그런 원칙들이 제대로 갖춰지지 않아 보였다. 지금 공무원인 나도 민원인들이 보면 답답한 면이 있을 것이다. 하지만 내가 보기에 해군은 개선과 변화가 유난히 더뎠다.

2010년 6월 1일 전쟁기념관에서 연락이 왔다. 지난 봄부터 만들었던 복제본 배가 완성되었고 그 배를 중심으로 '참수리 357정 안보 전시관'을 만들어 개관식을 한다고 했다. 이날 김태영 국방부 장관과 김성찬 해군참모총장, 이홍희 해병대 사령관 등이 참석해 테이프 커팅을 했다.

평택 해군 제2함대에 있던 참수리호가 서울 한복판 전쟁기념관에서 일반 국민에게 공개되었다. 청소년들을 포함한 일반 국민들이 상처투성이인 이 배를 보고 안보의 중요성을 깨닫게 되겠지. 이 배를 본 사람들이 내 남편을 기억하고 그가 얼마나 훌륭한 일을 했는지 기억해주겠지. 내 간절한 염원은 변함이 없었다.

울고만 있을 것이 아니라 이 기세를 몰아 불합리를 합리로 만들어야겠다는 생각이 들었다. 나는 해군에게 합리적인 매뉴얼 만들기를 끊임없이 요구했다.

"적과 대치하고 있는 우리나라에서는 앞으로도 제2연평해전과 같은 일이 계속 일어날 가능성이 있다. 제2연평해전이 일어난 지 10년도 안되어 천안함 사건도 일어나지 않았는가. 전사상자와 유가족 예우 등에 대한 매뉴얼을 만들어 원칙 있는 대처를 해야 한다. 여론과 분위기에 따라 이랬다저랬다 하는 대처는 모든 대상자와 유족들에게 불만과 상처를 안겨줄 뿐이다. 상식적인 매뉴얼을

PKM 참수리 357호정. 선명한 포탄 자국들이 치열했던 제2연평해전의 모습을 증언. ⓒ 윤상구

만들어 법으로 못 박고 그것을 예외 없이 시행하는 것이 해군과 정부가 해야 할 일이다."

이것이 나의 한결같은 주장이었다.

연평도 포격 사건

2010년 11월 23일, 연평도 포격 사건이 일어났다. 이날 오후 2시 30분경 북한이 대연평도를 향해 포격을 가한 것이다. 이 포격으로 인해 해병대원이었던 서정우 하사, 문광욱 일병이 전사하고 민간인도 두 명 사망했다. 휴전협정 이후 북한이 대한민국의 영토를 직접 타격하여 민간인이 사망한 최초의 사건이었다. 북한은 정당한 군사적 대응이라며 책임은 모두 대한민국에 있다고 주장했다.

남북 대치 상황에서 북한의 도발 위협은 언제나 존재한다. 다만 안타까운 것은 우리의 대응 문제였다. 제2연평해전과 천안함 폭침 때 강력한 보복 조치를 하지 못한 것이 아쉬웠다. 도발하면 두 배, 세 배로 보복을 당한다는 두려움을 줘야 함부로 도발하지 않을 텐데 우리 정부는 늘 말뿐인 것 같아 답답했다.

이날 고 서정우 하사는 휴가를 가기 위해 부두에서 배를 기다리고 있다가 북한의 공격이 시작되자 부대로 복귀하던 중에 포탄 파편을 맞아 목숨을 잃었다. 고 문광욱 일병도 가슴에 포탄 파편을 맞고 숨졌다. 11월 27일 국군수도병원에서 고 서정우 하사와 고 문광욱 일병의 장례가 해병대장으로 치러졌다. 이들은 국립대전현충원에 안장되었고 화랑무공훈장이 추서되었다.

이때도 여러 가지 논란이 있었고 책임 소재에 대해서도 말이 많았다. 분명 포탄은 북한에서 날아왔는데 왜 전적으로 대한민국 정부의 책임이라는 말이 나오는지, 포 사격 훈련으로 북한을 자극해서 북한이 대응 사격한 것이라고 했는데 이전에 북한은 남한을 자극한 적이 한 번도 없는지, 그때마다 남한에서 북한 영토에 대고 직접 포를 쏘았는지 등등. 아무튼 정치권은 시끄러워졌고 언론 보도에는 이해할 수 없는 얘기들이 가득 찼다.

그러는 가운데 희생당한 장병들의 명예는 땅에 떨어졌고 그 존재마저 잊혀갔다. 그래도 이들의 희생을 안타깝게 여기는 사람들이 다시 천안함 사건 얘기를 꺼냈다. 그때는 장병들을 영웅 대접하며 극진한 대우를 하더니 이번에는 어떻게 된 거냐고 의문을 제기했다. 연평도 포격 사태 때 활약했던 해병대원들에게는 등기 우편으로 표창장을 보냈다고 했다. 이건 예우라고 볼 수 없다. 제대로 된 보상이 이뤄지지 않았다는 점도 지적됐다. 당시 부상을 입어 신장을 한 개 떼어내고 소장, 십이지장 등의 상해를 치료받고 있는 병사는 국가유공자 지정도 되지 않았다.

천안함 사건 이후 전투에서 죽거나 다친 장병들에 대한 예우가 나아진 것이 아니다. 단지 그때 사회 분위기에 따라 그들에게 조금 더 나은 대접을 해준 것뿐이다. 내가 분노하고 변화를 요구하는 것이 바로 이런 것이다. 합리적인 원칙도 없고 전사상자에 대한 존경심이나 존중감도 없는, 그저 유족이나 전상자를 돈 문제로 얽혀 있는 사람들로 취급하는 그런 태도……. 나는 이런 태도와 인식이 바뀌지 않는 한 진정한 애국심이나 나라에 대한 충성심은 기대할 수 없다고 본다. 누구보다 뼈저리게 실감한 나 같은 직접적인 피해자가 이런 인식과 태도에 대해 지적하고 개선하기 위해 앞장서야 한다는 생각이 점점 더 굳어졌다.

여담이지만 일련의 다짐 속에서 2011년, 오랫동안 미루어만 왔던 개명을 신청해 호적의 이름을 바꾸었다. 내 딴에는 다시 일어서겠다는 의지의 일환이기도 했다. 사실 더 빨리 바꿨어야 했는데,

어쨌든 나는 이제 '김종선'이 아니라 '김한나'로 다시 태어나게 되었다. '한나'는 원래 아버지가 지어주셔서 어릴 때부터 부모님이 부르시던 이름이었고 '종선'은 할아버지가 돌림자를 따라 호적에 올려주신 이름이다. 미국에서도 '한나'를 사용하였다. 어릴 때부터 더 많이 써온 '한나'라는 이름으로 바꾸고 싶었고 좋지 않은 일로 매스컴에 오르내렸던 '종선'이라는 이름이 싫어졌다. 이름을 바꾸면 정말 새로운 삶을 살 수 있을 것 같았다.

'이제 나는 남편을 잃고 울고만 다니던 '김종선'이 아니라 남편의 명예 회복을 위해 힘차게 살아가는 '김한나'이다.'

이름을 바꾸니 정말 내게 새로운 힘이 생기는 것 같았다.

추모 행사에 참석한 이명박 대통령

2012년 6월 29일 제2연평해전 제10주년 추모 행사가 열렸다. 이 행사에 대통령으로는 처음으로 이명박 대통령께서 참석하셨다. 그때는 그분의 임기 마지막 해였다. 나는 기회가 있을 때마다 '유종의 미'를 거둬달라고 이명박 대통령께 부탁을 드렸다. 당선인 시절부터 제2연평해전에 관심을 가지고 많은 일을 해주셔서 정말 감사했다.

그러나 그때까지 추모 행사에는 한 번도 참석하지 않았다. 물론 광우병 사태 등 여러 가지 사회 문제 때문에 참석이 어려웠던 것은 알고 있다. 나는 그래도 제2연평해전에 대해 우호적인 입장을 취

제2연평해전 10주년 기념식에서 만난 미 해군 윌리엄(William C. McQuilkin) 준장과 그가 보내 준 편지.

제2연평해전 10주년 기념식에서 만난 이명박 전 대통령과 인사.

제2연평해전 10주년 기념식을 마치고 이명박 전 대통령 부처, 유가족들, 357대원들, 군 관련자들과 함께 찍은 사진.

제2연평해전 10주년 기념식에 참석한 한승수 당시 국무총리 등 내빈, 미국에서 온 손님들과 함께 찍은 사진.

했던 대통령이니 한 번이라도 행사에 참석해주기를 바랐다. 그래야 제2연평해전 추모 행사가 '대통령이 참석하는' 명실상부한 국가 행사가 될 수 있었기 때문이다.

제10주년 추모 행사 때 이명박 대통령께서 행사에 참석해주신 것에 대해 지금도 진심으로 감사드린다. 해군에서는 그 행사에 천안함 유족들도 초대했다. 그때까지 나는 제2연평해전과 천안함, 연평도 포격 사건의 추모 행사를 하나로 합칠 것을 늘 주장했다. 당시 해군참모총장인 최윤희 제독께도 말씀드렸고 해군본부와 보훈처에도 누누이 강조했다. 추모 행사를 여러 번 치르다 보니 세금도 많이 쓰이고 준비를 위해 장병들이 번번이 고생하는 것이 미안해서였다. 아마도 나의 그런 주장 때문에 해군이 천안함 유족을 초청한 것 같았다.

박근혜 후보 찬조 연설자로 나서다

2012년 12월 제18대 대통령 선거가 다가오고 있을 때였다. 당시 박근혜 후보 캠프 미디어팀에서 연락이 왔다.

"선생님께서 박 후보 찬조 연설을 해주셨으면 합니다. KBS 텔레비전에서 방영할 겁니다."

"제가요? 저는 안 할래요. 정치에 관여하고 싶지 않아요."

"박 후보님께서 안보를 강조하시는데 나라를 지키다 산화한 분의 유족의 말씀이 큰 도움이 됩니다. 꼭 나와주십시오."

"저 말고 천안함 전사자 유족도 많은데 굳이 왜 제가 해야 하나요? 그리고 저까짓 게 뭘 했다고 그런 데 나서겠어요? 제가 나가서 말한다고 무슨 도움이 되겠습니까?"

당시 나는 더 이상 사람들 앞에 얼굴을 내놓지 않겠다고 다짐하고 있을 때였다.

'이제 그만하자.'

외쳐도 외쳐도 메아리가 돌아오지 않는 상황에 나는 몹시 지쳐 있었다. 모든 것을 놓아버리고 싶었다. 모든 것이 해결되고 상황이 달라질 것이라 믿었지만 그렇지 못한 채 이명박 대통령의 임기가 끝났다. 기대가 무너지고 실망감과 무력감에 마음의 병이 더욱 심해졌다. 나날이 우울했다. 일자리가 없으니 생계를 잇는 것도 다시 부담이 되었고 나이가 들어가니 취직하기는 더욱 어려워졌다. 섣불리 정치판에 관여할 일이 아니었다.

그러나 요청은 집요했다.

"아니요, 선생님 아니면 안 됩니다. 꼭 나와서 연설해주세요."

그는 내가 아니면 왜 안 되는지 이유는 말하지 않았다. 그러나 계속 거부해도 계속 전화가 왔다.

"알았습니다. 그럼 생각해보지요."

많은 고민을 했다. 친정어머니께도, 목사님께도 여쭤봤다. 이게 내가 나설 자리인지 아닌지 판단이 잘 안 섰다. 열심히 기도했다. 그 결과 나가야겠다는 쪽으로 서서히 마음이 돌아서기 시작했다.

어머니와 목사님도 괜찮으니 하라고 말씀해주셨다. 박근혜 후보 캠프에 전화를 걸었다.

"찬조 연설 하겠습니다. 하지만 제가 원하는 방향의 내용이 아니면 저는 안 하겠습니다."

"알았습니다."

그 후 연설 원고를 써줄 작가가 나를 만나러 왔다. 내가 말하고자 하는 바를 그에게 다 전해주었다. 얼마 후 인터뷰를 바탕으로 썼다며 연설 원고를 보내왔다. 정말 잘 써주었다. 내 마음에 쏙 드는 내용이었다.

선거 캠프에는 내가 텔레비전에 나가서 울기를 원하는 사람도 있었던 것 같다. 하지만 그렇게 하기 싫었다. 내가 왜 전 국민이 보고 있는 텔레비전에 나가서 이미 말라버린 눈물을 짜내야 하는가? 이제 와서 울기만 한다면 무엇을 국민들에게 전달할 수 있다는 말인가? 혹여나 캠프에서도 그런 것을 요청할까봐 절대 울지 않고 또박또박 내가 원하는 나라, 내가 원하는 세상에 대해 말하고 싶다는 의사를 사전에 전달했다.

찬조 연설은 저녁 8시, 가장 시청률이 높은 시간대에 약 20분 동안 방영하는 녹화 방송에서 진행되었다. 내가 연설을 잘 했는지 못했는지는 잘 모르겠다. 어쨌든 반응이 좋았다고 한다. 덕분에 다음 날 일부 언론에 "안보 표는 잡았다"라고 보도되었다. 시청률도 높았고 지지율도 제법 상승한 것으로 안다. 그리고 박근혜 후보가 대통령에 당선되었다. 물론 내 연설 덕에 당선된 것이라 생각해본 적은 없다.

찬조 연설 방송이 나가고 난 뒤에 나에게도 많은 연락이 왔다. 그들은 한결같이 놀라워했다.

"국가 행사로 격상되어 매년 추도식을 국가 주도로 치르는 것 아니었나요? 5년만 하고 말았다니 그건 또 무슨 말인가요?"

"2004년에 전사자 예우법이 만들어져서 그때 받을 건 다 받은 줄 알았는데 아니었나요?"

"아직도 뭐가 안 끝났나요?"

공무원이 되다

취임식 전 박근혜 당선인으로부터 다시 연락이 왔다. 찬조 연설했던 사람들을 모아 티타임을 갖는다고 했다. 장소는 경복궁 앞에 있는 어떤 회의실이었다. 그 자리에 박근혜 당선인의 자서전을 들고 갔다. 당선인은 소녀처럼 밝은 표정으로 자서전에 서명을 해주셨다. 당선인은 제2연평해전에 대한 관심과 지원을 아끼지 않겠다고 말했다. 그리고 도움이 필요한 일이 없느냐고 물으셔서 직장이 있었으면 좋겠다고 말씀드렸다.

"직장이 없어서 살기 힘듭니다. 저는 아직 젊은데 직장을 좀 마련해주시면 안 되겠습니까?"

무슨 용기로 그런 얘기를 했는지 모르겠다. 그만큼 살아갈 일이

절박했던 모양이다. 당선인은 내 요청을 듣고 고개를 끄덕였다. 요청이 받아들여진 듯했다. 그렇다고 곧바로 일자리가 만들어진 것은 아니다. 그 후로 아무 연락이 없기에 취직이 안 되는 줄 알고 내가 그런 말을 했다는 것조차 잊고 지냈다.

그로부터 다시 몇 달이 더 지났다. 3월쯤 광주시청에서 전화가 걸려왔다. 빨리 와보라는 전화였다. 나중에 들어보니 나 한 사람을 더 공무원으로 채용하는 것이 생각처럼 쉬운 일은 아니었다. 인원을 한 명 더 늘리기 위해서는 조례 개정까지 필요했다고 한다. 나를 뽑기 위해 기존에 일하고 있는 사람을 내보낼 수는 없는 일이니 당연한 절차로 보였다. 그 과정에서 박명준 과장님(당시 인사팀장)을 비롯하여 많은 분들이 애써주신 것으로 알고 있다. 어쨌든 자리가 만들어진 후 면접을 보고 경력직 공무원으로 일할 수 있게 되었다. 4월부터는 일을 익히라며 2개월 동안 계약직 자리를 주었다. 2013년 7월 31일, 드디어 정규직 공무원이 되었다. 경기도 광주시청이 그때 이후 지금까지 몸담고 있는 내 일터이다.

규정대로 절차를 다 밟았지만 내 취직을 놓고 비난하는 사람도 있었다. 보훈처에서 나 같은 군경 유가족을 위해 정원 외로 마련해놓은 일자리가 따로 있는 것으로 안다. 그 자리에 들어간 것인데 그걸 아니꼽게 보는 사람도 있었다. 자신들은 시험 봐서 어렵게 공무원이 되었는데 나는 거저 자리를 차지한 것으로 보였기 때문이다. 처음에는 그런 눈길을 무마해볼까 월급 받으면 이 사람 저 사람에게 밥도 사고 부서 간식 사느라 월급을 다 썼다. 친해지고 나

2016년 3월 첫 서해수호의 날 행사에 참석한 박근혜 전 대통령과 나의 모습(가운데 박승춘 전 국가보훈처장).

니 나보다 더 심한 '낙하산'도 많다며 너무 미안해하지 말라는 얘기까지 해주는 사람도 있었다.

내가 취직했다는 기사[29]가 크게 보도되었다. 정부 고위 간부를 비롯하여 여러 분이 광주시장에게 고맙다는 전화를 했다고 들었다. 당시 시장은 무척 기분 좋아했다. 가는 곳마다 나를 데리고 다니며 인사를 시켰다. 내가 관심받는 사람이었다고 생각하니 그분들의 호의가 고맙고 큰 힘이 되었다. 더욱 열심히 일해야겠다는 생각이 들었고 한 2년 동안은 정말 아무 생각 안 하고 열심히 일만 했다.

박근혜 전 대통령은 내게 은인과 같은 분이다. 일자리를 구해줘서 내가 먹고 살 길을 열어주셨기 때문이다. 그러나 그분 재임기에도 전사자법이 특별법으로 통과되지는 못했다. 특별법은 이명박 대통령 때 발의되었다. 그런데 국회에서 통과를 못 시키고 뒷전으로 밀리고 있었다. 결국 전사자법 특별법은 문재인 대통령 정권이 들어선 2017년 12월 29일에 국회에서 통과되었다. 나는 이때 뼈저리게 느꼈다. 권력자의 의지나 성향과 상관없이 굳게 지켜지는 법이 필요하다는 것을, 그런 법이 정착될 때까지 나의 할 일은 아직 끝나지 않았다는 것을……

6년째 대통령에게 편지 보내는 제2연평해전 유족

2013년 6월 5일 연합뉴스에 '제2연평해전 유족, 6년째 대통령에게 편지 보내'라는 제목의 기사[30]가 실렸다. 그렇다. 6년째 대통령에게 편지를 보내고 있는 제2연평해전 유족은 바로 나였다. 2008년 이명박 대통령 때 시작하여 매년 6월이면 대통령에게 편지를 보냈다. 대통령이 바뀌어도 변함없이 보냈다. 여전히 해결이 안 된, 중요한 문제가 남아 있었기 때문이었다. 그것은 남편의 상사 추서 문제였다.

2002년 6월 29일 남편의 계급은 중사 진급이 이미 확정됐으나 정식 진급이 되지 않은 상태를 뜻하는 '중사(진)'이었다. 이미 중사 계급장까지 달고 있었다. 그러니 실종 기간에 중사가 되었고 추서가 된 후에는 상사가 되는 것이 맞다.

그런데 정식 진급을 불과 이틀을 앞두고 제2연평해전이 발생하면서 남편은 '실종자'로 처리돼 진급이 취소됐고, 추후에 당초 진급 예정 계급이었던 중사로 추서됐다. 상사 추서로 바로잡는 건에 대해 해군이나 국방부, 보훈처 그 어디에 이야기해도 '불가하다'라는 답변만 돌아왔다. 그러니 내가 마지막으로 기댈 곳은 오로지 청와대밖에 없었다.

2013년 6월 2일 박근혜 대통령께 보낸 편지에는 대략 이런 내용이 담겨 있었다.

"…… 당시 정부가 하루속히 이 일을 마무리 짓고자 시신을 확인하지도 못한 상태에서 바로 사망 처리하는 바람에 남편은 중사(진)인 상태에서 중사로 추서됐습니다. …… 한 중사는 중사진급 명령을 2001년 11월에 받았고 제2연평해전이 일어난 그날에도 중사 계급장을 달고 있었습니다. …… 정식 진급을 하려면 7개월이나 있어야 하는데 왜 미리 중사 진급 명령을 내리셨는지 …… 중사(진) 상태에서 7개월을 있다가 진급 이틀을 앞두고 진급을 못했습니다. …… 그 어떠한 잘못된 행실 때문이 아니라 국토를 수호하다 적의 총탄에 맞아 돌아가셨기 때문입니다. …… 남편의 진급뿐만 아니라 앞서간 육·해·공군 전사자·순직자 및 전투 유공자들의 진급 문제도 해결해주길 바라는 마음으로 간청드립니다. …… 군인은 명예와 사기를 먹고 삽니다. 60만 국군과 입영 대기자들의 눈이 나라를 위해 자신을 희생했을 때 국가가 어떤 예우를 하는지 지켜보고 있을 것입니다. ……"

이미 세상을 떠난 남편을 상사로 진급시켜 내가 얻을 수 있는 것은 무엇인가? 내가 원하는 것은 더 많은 보상금이나 대단한 명예가 아니었다. 다만 남편이 당연히 받아야 할 예우를 받을 수 있으면 좋겠다는 바람뿐이었다.

영화 〈연평해전〉 개봉

공무원으로서의 일은 처음에는 낯설었지만 시간이 지나니 익숙해졌다. 뒤처지지 않으려 노력하니 업무로 지적받지 않을 정도는 되었고, 뭔가를 할 수 있겠다는 여유도 생겼다. 그 무렵에 영화 〈연평해전〉이 세상에 나왔다.

영화 〈연평해전〉은 2015년 6월 24일에 개봉되었다. 2007년에 출간된 소설 『서해 해전』을 바탕으로 만들어진 영화이다. 세상 모든 일에 쉬운 일이 어디 있을까? 더구나 이런 큰일을 하는데 아무런 어려움 없이 일이 순조롭게만 풀려간다면 그것이 오히려 이상하고 불안하게 느껴질 것 같다. 그래서일까? 〈연평해전〉 영화의 제작 과정에서도 무척 많은 어려움이 있었다고 들었다.

일반적으로 영화를 만들 때는 제작비 투자를 받는다. 원래 〈연평해전〉에도 투자를 약속한 배급사가 있었는데 촬영 시작을 앞두고 그 회사가 제작에서 손을 뗐다고 한다. 그래서 김학순 감독이 자신의 집을 담보로 대출을 받아 제작비에 보탤 수밖에 없었다고 한다. 또 재능 기부를 한 배우와 스텝들이 있었고 소규모 투자인 크라우드 펀딩으로 자금을 모은 덕분으로 간신히 영화를 완성할 수 있었다고 한다. 나중에 이 영화의 취지가 알려지면서 많은 사람이 공감했고 덕분에 기업은행의 투자를 확보해 배급사도 정할 수 있게 되었다고 하니 그나마 다행한 일이었다.

이런 복잡한 과정을 겪느라 많은 시간이 흘러갔다. 그동안 감독님을 포함한 제작진이 무척 많은 고생을 했다. 그런데 당시의 나는 영화 제작에 회의적이었다. 영화 제작의 일반적인 과정을 잘 몰랐던 나는 '이렇게 어렵게 돈을 받아서까지 영화를 만들어야 하는가, 영화를 만들기 전부터 이렇게 잡음이 많은데 영화가 잘 만들어질 수 있을까' 하는 생각이 들었다. 그러나 수많은 난관을 넘어서서 영화가 잘 만들어졌다. 참 고맙고 다행한 일이다. 만들어진 후에는 나도 열심히 영화 홍보를 했다.

2015년 6월 1일, 개봉을 20여 일 앞두고 강남의 영화관에서 시사회가 열렸다. 유족들과 생존 357대원들도 참석했다. 나와 시부모님도 초청받았다. 13년 만에 남편과 재회하여 데이트하는 기분이었다. 영화를 보러 가던 날 오랜만에 화장도 하고 한껏 꾸몄다. 다리가 아팠지만 하이힐까지 신고 갔다. 누구에게 인지는 모르겠지만 아무튼 번듯하게 보이고 싶었다. 그동안 구질구질하게 산 것이 아니라 당당하게, 멋지게 살아왔음을 사람들에게 보이고 싶었다.

남편 한상국 역을 연기한 영화배우 진구 씨는 말투와 성격, 감성까지 남편을 빼닮았다. 한상국이라는 인물에 몰입하려 무진 애를 썼을 진구 씨가 정말 고마웠다. 나중에 만난 진구 씨는 6월 29일이 자신의 아들 생일이라 제2연평해전을 더 잊지 못하겠다는 얘기도 해주었다.

41일 만에 남편 시신을 인양하는 장면이 나올 때는 13년 전의 슬픔이 생생하게 기억나서 가슴이 찢어지는 듯했다. 눈물을 흘리면서 시어머니와 부둥켜안고 서로 다독이며 물을 나눠 마셨다. 영화 포스터 속 한상국(배우 진구)을 실제 남편 대하듯 어루만지기도 했다. 그날 극장에 앉아 있기는 했지만 영화 시작부터 끝까지 내내 우느라 영화는 거의 보지 못했다. 하루 종일 너무 많이 울어서 정신이 없을 지경이었다.

〈연평해전〉 영화가 실화를 바탕으로 만들어진 것이기는 하지만 영화의 흥미를 더하기 위해 사실과 다른 점도 여러 가지 포함되었다. 많은 사람이 나에게 "정말 영화와 같은 그런 일이 있었는가?"라고 묻곤 한다. 그중 가장 대표적인 질문이 영화 속 한상국 중사의 손에 이상이 생기는 내용이다. 실제로는 남편의 몸에 아무런 문제가 없었다. 손은 물론 그 어느 한 곳 이상이 없는 건강하고 건장한 군인이었다. 그런 설정이 살짝 마음에 안 들기는 했지만 영화니까 크게 신경 쓸 일은 아니었다.

또 영화 끝부분 나의 역할을 연기한 여배우가 임신을 확인하고 기뻐하는 장면이 나온다. 물론 그것도 허구이다. 그 해 4월 아이를 유산하여 남편은 결국 한 점 혈육도 남기지 못하고 세상을 떠났다. 어떤 사람들은 안타깝다고도 하고 어떤 사람들은 다행이라고도 한다. 모두 의미 없는 이야기이다.

영화처럼 남편이 박동혁 병장을 각별히 아꼈는가 묻는 사람들도 있다. 그건 사실이다. 남편은 평소 후배들과 어울리는 것을 좋아해서 그들을 집으로 불러 식사를 대접한 적도 많다. 박동혁 병장도 그중 한 사람이었다. 집에 온 후배들은 대부분 부사관이었고 외출이 어려운 사병은 많지 않았다. 그런데 박 병장의 경우 몇 번 데려다 밥을 먹인 것 같다. 그래서 박 병장의 어머니께서 내게 고맙다고 인사를 하기도 했다. 박동혁 병장의 어머니가 청각장애인이라는 것도 물론 허구이다.

영화 관람 관객이 600만 명이 넘었다. 영화 만드는 사람들의 로망인 천만 관객을 돌파하지 못해 아쉽기는 하지만 제2연평해전을 사람들에게 널리 알리는 계기가 되어 정말 감사하다. 또 우여곡절 끝에 만들어진 이 영화로 감독님이 그나마 손해를 입지 않은 것이 다행이다. 영화가 형편없다고 욕하는 사람도 있었지만 그들에게 일일이 대응하지 않았다. 도와주지는 못할망정 그렇게 방해하고 비방하는 사람을 너무도 많이 봐왔기 때문에 어느 정도는 이력이 난 상태였다. 또 내가 나서서 말하는 것이 모양새가 좀 이상할 것이라고도 생각했다. 그런데 영화 개봉 후 예전과 달라진 점이 하나 있었다. 영화 〈연평해전〉이나 제2연평해전 사건을 비난하는 기사나 댓글이 나타나면 그것을 비난하는 댓글이 더 많이 나타난다는 점이었다. 말도 못하고 끙끙 앓고 있었는데 다른 분들이 시원하게 내 마음을 대변해주셨다. 드디어 많은 사람이 제2연평해전을 기억하고 그 희생의 가치를 인정해주는 덕분이라는 생각이 들었다.

어떤 분들은 내가 미처 입 밖에 내놓지 않은 내 속마음까지 헤아려 글을 써주시기도 했다. 정말 감사하다. 그런 분들이 나의 확실한 자산이다. 그런 분들 덕분에 내가 여기까지 올 수 있었다. 나 혼자 무엇을 할 수 있었겠는가?

영화 〈연평해전〉은 김학순 감독님과 스태프, 출연진은 물론 여러 분의 협조와 성원으로 만들어졌다. 해군도 제작에 큰 도움을 주었다고 한다. 촬영을 위해 참수리급 고속정과 진해 기지 사령부 부지 등을 공개해준 것 외에도 다양한 방법으로 영화 제작을 도왔다고 한다.

영화가 유명세를 타서였을까? 그해 10월에는 표절 시비가 일기도 했다. 어떤 사람이, 나를 연기한 여배우가 임신을 확인하는 장면이 자신의 작품을 베낀 것이라고 이의를 제기해온 것이다. 이의를 제기한 사람은 자신도 해군 출신이며 제2연평해전에 대한 책을 썼다고 했다. 그런 흔한 설정도 저작권 보호를 받는지는 모르겠지만 아무튼 재판까지 진행되었다. 그 과정에서 내가 확인서를 써보내기도 했다. 말도 안 되는 시비였지만 김학순 감독님에게는 무척 심한 스트레스가 되었다. 결국 '표절이라 볼 수 없음'으로 판결 났으니 그나마 다행한 일이다.

김학순 감독님은 영화 수익금 중 10억 원을 출연하여 2017년

1월 연평재단을 설립했다. 연평재단은 제2연평해전의 유가족과 생존 장병 지원뿐만 아니라 군인, 경찰관, 소방관 등에 대한 존경과 존중심이 고양되는 사회적 분위기 조성에 힘쓰고 있다.

드디어 '한상국 상사'로 진급

영화 〈연평해전〉이 사회적으로 큰 반향을 일으킨 덕분에 제2연평해전에 대한 국민들의 인식이 정말 놀랍도록 달라졌다. 뭔가 더 적극적으로 남편의 명예 회복 일을 해야겠다는 의욕이 샘솟았다. 영화가 개봉되었던 2015년의 7월, 다음 아고라에서 남편의 진급에 대한 청원을 시작하였다. 추모본부 회원 중 한 분이 청원을 해보자고 조언해주셨다. 하지만 나는 공무원 신분이라 이런 청원에 앞장설 수 없었다. 그래서 그분의 도움으로 청원을 시작한 것이다. 물론 이 청원 이전에도 여러 분이 이 문제를 위해 많은 노력을 기울여주셨다. 생각보다 많은 분이 청원에 참여해주셨다. 그런데 청원이 마감되기도 전인 2015년 7월 10일 남편은 드디어 중사에서 상사로 진급되었다.

"2015년 7월 10일, 해군은 한상국 상사의 전사일을 제2연평해전 당일인 2002년 6월 29일에서 그의 시신을 인양한 같은 해 8월 9일로 변경하였고, 이를 근거로 하여 1계급 특진 계급을 중사에서 상사로 올려 진급시켰다. 해군이 실종 상태였던 한상국 상사의 전사일을 교전 당일로 지정하여, 진급을 이틀 앞두었던 한상국 상사가 관련 규정에 의거 진급이 취소되었다가 특진하면서 받은 불이익을 해소하기 위해서였다. 유가족들은 이로써 상사 전사자 유가족들에 해당하는 혜택들을 상향 적용받을 수 있게 되었다."

  이것이 남편의 진급 문제 해결의 개요이다. 나는 이 소식을 듣고 깜짝 놀랐다. 해군이 갑자기 왜 이러나 하는 생각까지 들었다. 그동안 나의 요청을 철저히 묵살해왔기 때문이다. 법 해석 운운하며 요지부동이던 해군이 태도를 바꾼 것이다. 영화의 덕도 컸지만 무엇보다 이런 일이 가능하게 도와준 박근혜 정부에도 무척 감사했다.
  상사로 계급을 바꾼 훈장증과 전사통지서를 다시 받았다. 남편이 인정을 받아서 기뻐서인지 새롭게 그의 죽음이 기억나 슬퍼서인지 그간의 겪은 일 때문에 서러워서인지 눈물이 그치지 않았다. 다 말라버렸다고 생각했던 눈물이 어디서 그렇게 다시 샘솟았는지 알 수 없을 정도였다.
  "상국이가 자랑스럽다."
  사람들이 다 가고 우리만 남았을 때 시부모님께서 말씀하셨다. 이전까지는 슬퍼만 하셨던 분들이 아들을 자랑스럽게 여기기 시작하신 것이다.
  실종 상태로 있었다는 것은 그가 아직 대한민국의 해군이었다는 것이다. 그럼 진급해야 하는 날짜에 당연히 진급을 시켜줘야 했다.

상사 진급 후 새로 받은 화랑무공훈장 증명서.

실종이라는 말도 함부로 써서는 안 되었다. 6월 29일에 전사를 했다면 빨리 시신을 수습했어야 했고 그게 여의치 않았다면 하다못해 "이미 사망 확인했지만 아직 시신은 인양하지 못했다"라고라도 했어야 했다. 그런데 그땐 실종이라 해놓고 41일 동안 아무런 설명도 없이 유가족을 애태웠다. 그리고는 6월 29일을 사망일로 정했다. 애당초 말도 안 되는 일이었다.

당연한 일을 바로잡기까지 13년의 세월이 소모되었다. 그런데 사람들은 그 오랜 세월의 애타는 마음보다는 '혜택의 상향 조정'에 더 많은 관심을 가졌다. 실제로 10년 동안 받지 못한 사망보상금의 차액 3천만 원을 한꺼번에 돌려받아 그중 반을 시부모님께 드렸다. 국방부에서 나오는 연금도 조금 올랐다. 이 연금은 지금까지도 시부모님께 지급되고 있다. 그러나 나는 이런 '금전적 혜택'보다는 다른 것에 관심을 두었다. 그것은 13년이란 긴 세월 동안의 부조리를 바로잡는 것이었다.

제2연평해전 전사자 합동 묘역 조성

2015년 8월 19일 국립현충원에 제2연평해전 전사자 합동 묘역이 조성되었다. 그동안에는 6월 29일에 전사하여 먼저 장례를 치른 네 명과 남편, 그 후에 병원에서 사망한 박동혁 병장이 각각 따로 묻혀 있었다. 국립현충원은 일반적으로 들어가는 순서대로 묘를 조성하고 계급의 차이도 있었기 때문에 장교 묘역, 사병 묘역 등 네 곳에 분산 안장되어 있었다. 그래서 그동안 제2연평해전 참배객들은 표지판을 확인하여 네 곳을 옮겨 다녀야 했다.

나는 그동안 제2연평해전 전사자 묘역을 따로 만들어서 여섯 명을 한곳에 모이게 해달라고 수도 없이 요청했다. 아마 유가족 모임이 있을 때마다 보훈처에 이 이야기를 했을 것이다. 6·25전쟁 이후 50여 년 만에 처음 일어난 전투에서 전사한 사람들인데 묘역이 따로 없다는 건 말도 안 된다고 생각했다.

그런데 영화 덕에 제2연평해전이 새롭게 조명되고 묘역을 찾는 참배객이 많아지자 합동 묘역 조성이 더욱 간절해졌다. 제2연평해전 전사자 합동 묘역은 대전현충원 내 제4묘역(413묘역)에 조성되었다. 새로 만들어진 비석에는 '2002년 6월 29일 제2연평해전에서 전사'라고 새겼다. '연평도 근해에서 전사'라고 막연하게 쓰여 있던 예전 문구를 수정한 것이다.

10년 넘게 요청했던 사항이 받아들여지니 정말 반갑고 고마웠다. 묘역을 만드는 과정에는 수많은 잡음이 있었다. 묘역의 넓이도 쉽게 합의되지 않았다. 우여곡절을 겪었지만 어쨌든 합동 묘역이 만들어졌다. 그 옆에 연평도 포격 희생자들의 묘역도 마련되었다.

8월 21일 대전현충원에서 합동 안장식이 거행되었다. 보훈처는 "참배객의 편의를 도모하고 여섯 용사의 애국심과 불굴의 정신을 국민에게 널리 알리도록 제2연평해전 전사자 묘역을 별도로 조성하기로 결정했다"라고 취지를 설명했다. '전사자들의 정신을 기리기 위해서'라는 말보다 '참배객의 편의'를 앞에 내세운 것이 참 놀랍고도 기가 막혔다. 무어라 설명하든 합동 묘역이 조성되었으면 된 것 아니냐고 한다면 할 말은 없다. 하지만 보훈처의 그날 설명이 그동안 전사상자를 대해온 보훈처와 정부의 태도를 여실히 보여준 것 같아 씁쓸하기 짝이 없었다.

안장식은 군 의장병, 군악대 등의 의전에 따라 격식 있고 경건하게 진행되었다. 이날 영화 〈연평해전〉을 만든 김학순 감독님과 출연 배우들도 참석하여 헌화, 참배했다.

남편을 잃은 후 나는 정부와 해군에 네 가지 문제의 해결을 요구했다. 그것은 '교전'을 '해전'으로 바꾸는 것, 참수리호 실물을 용산 전쟁기념관에 전시하는 것, 연평해전 부상자를 국가유공자로 예우하는 것, 그리고 남편의 상사 추서였다. 어쨌든 한 가지씩 한 가지씩 해결이 되었다. 시간은 오래 걸렸지만 그래도 해결된 것이 얼마나 다행인가. 특히 2015년에는 영화 〈연평해전〉 덕분에 여러 가지 일이 해결되었다. 김학순 감독님께 다시 한번 감사의 인사를 드린다.

영화 〈연평해전〉이 화제가 되고 나와 제2연평해전에 대한 기사가 무척 많이 보도되었다. 많은 분이 해전과 전사에 대해서는 알고 있었지만 진급 문제나 순직 처리 등 세부 문제에 대해서는 잘 알지 못했다. 나는 틈틈이 그 문제들에 대해 사람들에게 호소하고 문제를 제기하였다. 그러다 영화 덕분에 사회 분위기가 형성이 되자 다시 그 문제들이 수면 위로 떠오른 것이다. 감사하게도 박근혜 정부에서 그 문제들의 마무리를 해준 것이다. 덕분에 16년 만에 남편은 제대로 된 계급을 찾을 수 있었다.

상사로 추서된 것이 그 무엇보다 기뻤다. 명예 회복과 가장 직접적으로 관련 있는 일이었기 때문이다. 알아보니 6·25전쟁 전사자까지 다 포함해도 진급 누락된 장병은 200여 명밖에 안된다고 했다. 절대 해결해줄 수 없는 엄청난 숫자는 아니라고 본다. 한꺼번

평택 해군 제2함대에 설치된 제2연평해전 전사자 기념 부조물. ⓒ 윤상구

에 못해주면 시기별로 나눠서라도 순차적으로 해결할 수 있는 문제라고 생각한다. 제2연평해전이 시작점이 되어 이제껏 막혀 있던 전사자 예우 문제들이 하나씩 해결되었으면 하는 바람이다. 군인뿐만 아니라 경찰관 중에도 이런 문제가 있을 것이고 이도 잊어서는 안 된다. 그럼 어디서부터 시작해야 할까? 결국은 국회의원 중이에 관심 있는 사람이 특별법을 발의하는 것으로부터 시작해야 한다. 그런데 어느 국회의원이 이 문제를 들고 나설 것인가?

어쨌든 나의 네 가지 요청 중 상사 추서가 세 번째로 해결되었다. 그 후 네 번째 문제인 부상자에 대한 국가유공자 지정도 다 받아들여졌다. 제2연평해전 부상자들은 보상금은커녕 "잘 싸웠다"라는 표창장 한 장 못 받았다. 이는 말도 안 되는 일이었다. 신체적인 부상을 입은 사람에게는 치료가 필요했다. 몸에 상처가 없다고 부상자가 아닌 게 아니었다. 그 전쟁 통에 장병들은 모두 외상 후 스트레스라는 정신 질환을 얻었고 계속 치료를 받으려면 유공자로서의 혜택이 필요했다.

원래 처음 내 요구 사항은 다섯 가지였다. 위의 네 가지 외의 또 한 가지는 훈장의 급을 '화랑'에서 '충무'로 올려달라는 것이었다. 그런데 훈장은 한번 받으면 바꿀 수 없다고 했다. 나중에 다시 주면 몰라도 받은 걸 반납하고 새로 받을 수는 없다는 것이다. 그래서 그 한 가지는 포기하기로 했었다.

2017년 전사자 특별법이 통과되어 제2연평해전 문제는 다 해결되었다. 더 이상 뭔가를 요구할 근거는 없다. 그러나 우리 문제만 해결되었다고 이런 문제를 나 몰라라 할 수는 없다. 전몰군경들에게 돈으로 보상을 못 한다 해도 어쨌든 고맙다는 인사를, 또 국가와 국민은 그분들의 은혜를 잊지 않고 있다는 표시를 해야 한다고 본다. 그런 일을 이룰 특별법이 만들어지도록 촉구하고 분위기를 조성하는 데 나의 역할이 있으리라 생각한다.

서해수호의 날 제정

제2연평해전뿐 아니라 국가 행사로 치러지는 추모식은 계속 지속되는 것이 아니라 5년만 국가 행사로 치러지고 그 후에는 없어지는 것이 원칙이다. 어떻게 나라를 위해 목숨 바친 분들을 추모하는 마음을 5년 만에 딱 자를 수 있을까? 하지만 법이 그렇다니 어쩔 수 없는 일이었다.

그런데 2010년 3월에 천안함 사건이, 같은 해 11월에는 연평도 포격 사건이 발생했다. 이 세 사건들로 55명의 장병이 희생되었고 그보다 훨씬 더 많은 장병이 부상을 입었다. 2015년 그 두 사건이 일어난 지도 5년이 지나 정부 주관의 추모 행사 기간이 끝났다. 그 후 나는 보훈처에 제2연평해전과 천안함 사건, 연평도 포격 사건을 한 데 묶어 하나의 행사로 길이길이 유지하자는 제안을 했다. 이 제안은 천안함 사건이 발생하자마자 그때부터 시작한 것이다. 내가 그런 제안을 한 이유는 추모 행사를 각각 하다 보니 해군과 보훈처의 일이 너무 많아 보였기 때문이다. 해군 부대는 나라를 지키기 위해서 존재하는 것인데 추모 행사들의 뒤치다꺼리로 그들을 너무 불편하게 해서는 안 된다는 취지에서 그런 제안을 하게 된 것이다.

그래서 2015년 12월 만들어진 것이 '서해수호의 날'이었다. 그런데 매년 3월 넷째 주 금요일로 정해진 날짜가 문제이다. 보훈처에서는 천안함 침몰 사건이 일어난 때가 3월 넷째 금요일이었던 점을 고려해 정했다고 했다. 왜 천안함 사건이 일어난 날짜에 맞춰야 했을까? 3월과 6월, 11월에 일어난 세 사건을 기리는 날짜를 잡는다면 그 세 달에 속하지 않는 제3의 날짜를 잡는 것이 형평에 맞는 것 아닌가? 아니면 호국 보훈의 달인 6월에 만들 수도 있었을 텐데, 아니면 가장 먼저 일어난 제2연평해전이나 혹은 가장 마지막에 일어난 연평도 포격 사건에 맞출 수도 있는데 왜 굳이 천안함 사건이 일어난 3월이었을까?

이 문제를 보훈처에 질의했다. 답변은 참으로 어처구니없었다. 천안함 사건 때 가장 많은 장병이 희생되었기 때문이라 했다. 아니, 한꺼번에 여럿이 죽으면 목숨이 더 소중해지는 것일까? 보훈처나 해군이나 늘 그런 식이었다. 원칙이 없고 그때그때 인정에 휩쓸려 형평을 잃는 것이다. 그러니 기껏 일을 해놓고도 좋은 소리를 못 듣는 것이다.

"그러면 누구 목숨은 더 귀하고 누구 목숨은 덜 귀한가요? 무슨 말을 그런 식으로 하세요? 그런 얘기는 꺼내지도 마세요."

나는 그런 이유에서라면 더욱 그 날짜는 안 된다고 강력히 반대했다. 그런데 보훈처에서는 들은 척도 하지 않고 강행했다. 호국보훈의 달인 6월에 하자고 주장했더니 6월에는 행사가 많아서 안 된다고 거부했다. 보훈처는 6월 한 달 내내 행사를 치르는 걸까? 그렇지도 않은 것 같다. 다만 핑계에 불과한 것이다.

'저렇게 답답한 사람들이 국민을 위해 무슨 일을 할 수 있을까? 저런 사람들 월급을 내 세금으로 주고 있다니⋯⋯'하는 한심한 생각까지 들었다. 물론 내가 공무원이 되어보니 그들의 일처리 방식이 조금은 이해되는 것 같다. 조직의 틀 안에서 개인인 공무원이 변화와 개선을 기민하게 꾀하기는 정말 어렵다. 하지만 그때의 나는 정말 그들을 이해할 수 없었다.

내가 공무원이 된 후 한 2년 동안은 명절 같은 특별한 날이면 보훈처와 해군에 과일 등 선물을 보냈다. 물론 어떤 개인이 아니라 담당 팀원들 모두에게 보낸 것이다. 그동안 내가 그들을 괴롭힌 것이 미안하기도 했고 내 성에는 안 차지만 조금씩이라도 변화를 보여준 것이 감사했기 때문이다.

추모 스티커와 티셔츠 제작·판매 시작

2015년 〈연평해전〉 영화가 개봉된 후 해군 예비역이라는 분이 찾아왔다. 그는 제2연평해전을 기리는 차량용 스티커를 내밀었다.

1 2017년 제작한 Remember 357 버튼.
2 2017년 제작한 Remember 357 차량 스티커.
3 최근 새로 제작한 한미우호 버튼.

세월호 희생자 추모의 '노란 리본'을 달고 다니는 사람은 많은데 나라 위해 희생하신 분들을 추모하는 물건은 하나도 없는 것이 안타까웠던 참이었다. 그는 그 스티커를 판매한다며 나에게도 사용하라고 했다. 나는 그 디자인을 받아 스티커를 만들어 무료로 배포하기 시작했다. 그 후 제2연평해전을 추모하는 스티커가 자동차, 휴대폰 등에 붙어 있는 모습을 종종 볼 수 있게 되었다. 비로소 '내가 뭔가 의미 있는 일을 하고 있구나'라는 생각이 들었다.

해군에서도 그 디자인을 사용하여 스티커를 만들고자 하였다. 디자인 소유자는 해군에 사용 허락을 요한다는 공문을 보내달라고 요청했다. 그런데 정부 조직에서는 개인 사업자에게 그런 공문을 보내지 않는다고 했다. 해군도 예외가 아니었다. 내가 그에게 디자인을 팔아달라고 했지만 그는 거부했다. 결국 그의 디자인을 사용할 수 없게 되었다. 어쩔 수 없이 2017년 내가 돈을 들여 새로 디자인을 만들었다. 제2연평해전의 참수리 357호정과 전사자 여

2017년 10월 청와대에서 내가 전달한 Remember 357 티셔츠를 펼쳐 보이
는 문재인 대통령 부처와 함께.

섯 명을 기억하자는 의미에서 참수리를 형상화한 그림을 중심으
로 위쪽에 'REMEMBER 357', 아래쪽에 '2002. 6. 29.'라고 적었다.
그 후 나는 새 디자인으로 차량용 스티커와 버튼, 티셔츠, 가방 등
에 붙이는 패치를 만들어 판매하기 시작했다.

　2017년 9월에는 성남 디자인코리아센터에서 해군본부와 함께
제2연평해전 추모 행사를 가졌다. 여기서 새 디자인의 추모 로고
가 담긴 티셔츠와 버튼을 판매하고 사진전도 열었다. 10월 8일 계
룡군문화축제에도 참여하여 해군홍보관에서 추모 티셔츠와 버
튼을 판매했다. 이런 데서 얻어지는 수익금은 제2연평해전 추모
사업 기금으로 보냈다. 준비하는 과정이 힘들었는데 많은 분이 참
여해 주셔서 정말 큰 힘이 되었다. 참가자 중에는 멀리 지방에서

새벽차를 타고 올라온 분도 계셨고 눈시울을 붉히며 응원해주는 분도 계셨다. 이분들을 보며 힘들어도 포기하지 말고 그 일을 계속해야겠다고 결심하게 되었다.

2018년 5월에는 한 군사 전문 잡지가 주최하는 컨벤션에서 추모 행사를 할 예정이었는데 그 계획을 변경해야 했다. 이 행사에서 내 친구인 만화가 윤서인이 재능 기부로 그림을 그린 에코백과 사인북을 판매한다는 것이 문제가 되었다. 일부 '밀덕(밀리터리 덕후: 전쟁·군사 문화 애호가)'들은 서인이를 '극우 만화가'라고 비난하며 나와 추모본부에 원색적인 비난을 쏟아냈다. 그 바람에 작년 행사 때 사진전을 열어줬던 해군 측에서도 "논란의 소지가 있다"라며 불참을 통보해왔다.

윤서인은 나랑 동갑인 내 친구이다. 예전에 그가 자신의 연재물인 '조이라이드'에 연평해전 얘기를 실어준 적이 있다. 그때 내가 그에게 연락하여 만난 후 절친한 친구가 되었다. 사인북 행사도 대가를 요구한 것이 아니고 서인이가 자발적으로 도와주겠다고 한 것이다.

프리랜서 만화가인 서인이는 자유민주주의와 시장경제를 위태롭게 하는 사회적 현상을 우려하는 만화, 일본 문화를 소개하는 만화를 많이 그리고 있다. 그런데 그런 작품들을 불편해하는 사람들이 그를 '극우 인사', '친일파'라고 비난한다. 하지만 그 사람들이 말하는 것처럼 서인이는 극우 인사도, 친일파도 아니다. 사람들은 '극우'라는 말뜻도 제대로 모르면서 자기 마음에 안 들면 멋대로 갖다 붙여놓고 비난한다. 일부 밀덕들은 참수리 마크를 '똥'이라고 부르면서 모욕을 해댔다. 속상해서 며칠간 잠도 제대로 이룰 수 없었다.

결국 자리를 옮겨 우리끼리 행사를 진행했다. 행사에서 참수리 357정을 기리는 티셔츠, 패치, 버튼 등을 판매한 수익금은 해군 제2함대 장병들을 위해 기부했다. 앞으로 열리는 추모 행사의 수익금 역시 모두 육·해·공군 장병들을 위해 기부할 예정이다. 제2연평해전 전사 영웅들을 기억하고 신성한 의무를 다하는 현역 장병들에게 감사를 표하기 위해 하는 일이다.

우여곡절 끝에 세워진 모교의 흉상

2016년 어느 날 아침 남편의 모교인 광천고의 선배님으로부터 전화가 걸려왔다.

"교장 선생님도 허락해서 한상국 상사의 기념사업에 4천여만 원 성금을 모았지요. 그중 일부를 들여 단지를 조성했는데 지금 와서 몇몇 선생님의 반대로 더는 진행할 수 없군요."

70세가 넘으신 그 선배님은 전화기 너머에서 울고 계셨다. 통일되면 아무런 의미가 없을 흉상을 왜 만드냐고 교사들이 반대했다는 것이었다.

나는 그 선배님의 말씀만 듣고 "내 신랑은 뭐든지 늦게 되는지……. 실종 41일 만에 발견, 진급도 13년 만에……. 너무 속상하고 정말 슬프다"라면서 안타까움을 토로했는데 이 내용이 매스컴을 통해 알려지면서 '일부 교사'에 대한 비난이 쏟아졌다. 나중에 알고 보니 이야기의 전달 과정에 오해가 있었다. 그 선배님께서 너무 과한 요구를 하셨던 것이다. 체육관에도, 학교 앞길에도 '한상국' 이름을 붙이자는 식으로 주장하셨던 모양이다. 내가 보기에도 그건 너무 과도한 요구였다. 그분의 그런 태도로 남편을 기념하는 사업에 이미 역효과가 생기고 있었다. 나도 그분께 너무 그러시면 오히려 도움이 안 된다고 말씀드렸다.

'일부 교사의 반대'는 흉상 건립에 대해서가 아니라 과도한 기념사업에 대한 반대였던 것이다. "통일되면 아무런 의미가 없을 흉상을 왜 만드느냐"라는 말도 이러저러한 논쟁 끝에 튀어나온 말실수였을 뿐이었다. 이후 내가 오해했음을 밝히고 "한쪽 말만 듣고 선생님들 수고하시는데 죄송합니다"라는 취지의 사과문을 학교 홈페이지에 올렸다.

오해들이 풀리고 우여곡절 끝에 2016년 6월 28일 모교에서 흉상 제막식을 가질 수 있었다. 청동 재질의 흉상은 남편의 모교인 광천고 체육관 앞에 자리 잡았다. 조각가 이진자 님의 작품이다.

나는 '미망인'이 아니에요

흉상 제막식에 관하여 여러 매체가 "…… 이번 행사에는 고인의 부모와 미망인 등이 참석한 가운데······"라고 보도했다. 흉상 관련 기사뿐만 아니다. 지난 16년 동안 미망인이라는 말을 수없이 들어 왔다.

그런데 미망인未亡人은 '아직 안 죽은 사람'이라는 뜻이다. 먼저 죽은 남편을 따라 죽어야 하는데 그러지 못한 사람이라는 의미가 담겨 있다. 나에게 '미망인'이라 부르는 사람들은 내가 남편을 따라 죽기를 바라기라도 하는 걸까?

사람들을 만날 때마다 나를 '미망인'이라 부르지 말라고, 아예 그 말을 쓰지 말라고 수도 없이 부탁했다. 내가 나를 낮춰서 '미망인'이라 할 수는 있지만 남이 나에게 쓸 수 있는 말은 아니라고 생각하기 때문이다. 전사자 유가족의 모임 중 아예 '○○미망인회'라 이름 붙인 단체도 있다. 그분들께도 말씀드렸다. 우리는 미망인이 아니라고, '아직 안 죽은, 남편 따라 죽어야 하는' 사람이 아니라 당당하게 우리 몫의 삶을 살아가는 사람이라고······. 오래전에 남편이 세상을 떠났는데 아직도 모임 때마다 소복을 입고 나오는 분들도 있다. 난 그것도 싫다. 여전히 감성에 호소하려는 모습이라고 생각해서이다.

해군에서 나를 미망인이라 부르면 언제나 항의했다. 그 말이 무슨 뜻인지 알고 쓰느냐고, 해군이나 정부에서 그렇게 하니 일반인들도 미망인이란 말을 함부로 쓰는 것이라고 얘기했다. 해군에서는 더 이상 나를 미망인이라 부르지 않는다. 이제 그들은 나를 선생님 혹은 한상국 상사 부인이라고 일컫는다. 그것만 해도 커다란 변화이며 발전이라 생각한다.

특별법이 통과되어 전사자로 인정받다

2017년 12월 29일 국회에서 '제2연평해전 전사자 보상 특별법'이 통과되었다. 전사자 특별법이란 '제2연평해전 전투 수행자에 대한 명예 선양 및 보상에 관한 특별법안(이하 전사자 특별법)'의 줄임말이다. 이 법안은 2016년 8월에 자유한국당(당시 새누리당) 심재철 의원이 국회에 제출했었다. 전사자에 대한 낮은 보상 수준을 해결하기 위해 2004년 군인 연금법에 전사 보상 기준이 신설된 바 있다. 그런데 그동안 제2연평해전 전사자에게는 소급 적용이 되지 않았던 것이다. 특별법 덕분에 남편과 동료들은 15년 만에 명실상부한 '전사자'의 예우를 받게 되었다. 비로소 내가 할 일을 다한 셈이다.

2018년 7월 3일 국무회의에서 제2연평해전 전사자에 대한 추가 보상액 지급 절차를 정한 '제2연평해전 전사자 보상에 관한 특별법 시행령'이 의결되었다. 2018년 8월 드디어 전사자로서의 보상금도 받았다. 보상금을 받으면서 나는 누군가 '명예로운 희생자'가 되기 위해서는 그 유족이 '명예를 아는 유족'이 되어야 한다는 것을 뼈저리게 깨달았다. 유족이 어떻게 하는가에 따라 먼저 가신 분들의 희생의 가치가 빛날 수도 있고 땅에 떨어져버릴 수도 있다.

제2연평해전 16주년 기념식. © 윤상구

유족들의 몰상식한 언행이 자칫 망자의 명예를 훼손할 수 있기 때문이다.

아직도 할 일이 남았다

일단 남편 한상국 상사의 명예 회복과 관련된 일은 다 끝난듯하다. 하지만 내가 할 일이 다 끝난 것은 아니다. 아직도 내게는 두 가지 숙제가 남아 있다.

그 첫째는 NLL 수호의 중요성을 더 많은 사람들에게, 특히 청소년들에게 알리는 일이다. 아직도 NLL에 대한 논란이 끊이지 않고 있다. 2018년 10월 12일 문재인 대통령은 "서해 NLL은 우리 장병들이 피로써 지켜온 해상 경계선이다. 우리 장병들이 피로써 지켜왔다는 것이 참으로 숭고한 일이지만 계속 피로써 지킬 수는 없는 것"이라고 말했다. "피를 흘리지 않고도 지킬 수 있다면 그것은 더더욱 가치 있는 일"이라며 "그 방법이 NLL이라는 분쟁의 바다 위에 그 일대를 하나의 평화수역으로 만드는 것"이라고 했다.[31]

물론 나도 더 이상은 대한민국 국민이 NLL을 지키느라 피 흘리지 않기를 바란다. 그러나 피를 흘리지 않고 지키는 가장 좋은 방법은 우리의 힘이 강해지는 것이다. 힘이 약하면 입으로 평화를 외친다 해도 평화가 보장되지 않는다. 또 나 혼자 평화를 주장한다 해서 평화가 저절로 오는 것도 아니다.

이제껏 피를 흘리면서까지 그 지역을 지켰다는 것은 희생을 무릅쓰고라도 지켜야 하는 곳이었기 때문이다. NLL 부근 바다는 그만큼 대한민국에 소중한 지역이다. 그런데 NLL 부근 바다를 그렇게 쉽게 북한에게 열 수 있다면 내 남편 한상국 상사 등 그 지역을 지키려 목숨을 바친 사람들은 대체 무엇 하러 그런 희생을 했던 것인가? 그 유가족은 무엇 때문에 가족을 잃어야 했던 것일까?

남편의 죽음을 헛되게 만들고 싶지 않다. 그래서 NLL의 중요성과 그곳을 지켜야 하는 당위성을 국민들에게, 특히 자라나는 청소년들에게 계속 알리고자 한다. 그것이 전사자의 아내인 내가 해야 할 일이라고 생각한다. 그 일환으로 제2연평해전 추모 캠페인을 계속 이어나가려고 한다.

둘째로 군인, 경찰관, 소방관 등 제복을 입은 분들을 존경하는 문화를 만들어 가는 데 매진하려고 한다. 현재 우리나라에서는 나라를 위해 근무하다 다친 분이나 국군 장병에 대한 대우가 미미하다. 왜 우리나라에서는 희생만 강요하고 제대로 된 예우를 해주지 않는지 이해할 수 없다. 군인, 경찰, 소방관을 각별히 예우하는 미국의 문화가 부럽다. 마트에서 줄을 길게 서 있어도 현역 군인이 오면 맨 앞자리를 내준다는 얘기는 이미 널리 알려져 있다. 나도 식당에서 현역 병사들을 만나면 밥값을 내주고 격려와 감사의 뜻을 표시한다.

앞으로도 군인, 경찰, 소방관들을 돕기 위한 활동을 계속할 것이다. 이것이 지금까지 여러분께 받은 위로와 성원에 대한 감사와 보답의 방법이라고도 생각한다. 공무원이라는 신분의 한계는 있지만 그 범위 안에서 열심히 활동하려 한다.

아직도 전투 외의 공무 중 사망한 '순직'과 전투 중 사망한 '전사'의 차이를 모르는 사람이 많다. 2018년 6월 29일에는 국방부에서 만든 추모 포스터에 '순직'이라는 표현을 써서 말썽이 되기도 했다. 이런 차이도 적극 알리고 싶다. 그래서 전사는 전사대로, 순직은 순직대로 그에 걸맞은 존중과 보상을 받을 수 있도록 돕고 싶다. 더 이상은 나라를 위해 희생한 분과 그 가족이 무관심 속에 눈물짓는 일은 없어야 한다. 이런 일에 비슷한 아픔을 직접 경험한 나 같은 사람이 나서야 한다고 생각했다.

2018년 7월 그 첫 번째 사업이 시작되었다. K9 자주포 폭발 사고로 부상을 입은 이찬호 예비역 병장의 국가유공자 인정을 촉구하고 성금을 모금하여 전달한 것이다. 이 씨는 자주포 사수였다. 2017년 8월 훈련 도중 그의 1m 앞에서 장약(포탄을 앞으로 밀어내는 화약) 세 개가 터졌다. 같이 있던 동료 세 명은 목숨을 잃었다.

2018년 5월에 전역한 이 씨의 화상 치료비는 월평균 650만 원 수준이다. 2~3년 더 치료가 필요하지만 군은 11월까지만 비용을 댄다고 한다. 현행법상 훈련 중 부상한 병사의 치료비는 전역 후 6개월까지 지원되기 때문이다. 그런데 국가유공자로 인정받으면 국립보훈병원에서 치료비 일부가 지원된다. 나는 이런 사연을 듣고 온라인 모금 플랫폼 '미션펀드'에서 돈을 모으기 시작했다. 한 달만에 241명이 1,508만 원을 보내왔다. 직접 병원에 찾아가서 모인 돈을 전달했다. 이찬호 씨의 어머니는 내 손을 잡으며 "아픔을 이해하는 분이 도와주셔서 감사하다"라고 말씀하셨다. 이찬호 씨도 "용기를 내겠다"라고 했다.

이 무렵 이찬호 씨를 국가유공자로 지정해달라는 청와대 국민청원 글이 올라와 30만 명 이상이 동의했다.

함께 울어주신 여러분이 있어 여기까지 왔다

돌이켜보니 여기까지 오는 데 내가 한 일이 별로 없는 것 같다. 이제껏 내가 한 일이라고는 남편과 관련된 일을 끊임없이 이야기한 것뿐이다. 나의 말을 들은 많은 분이 자신이 할 수 있는 최선의 방법으로 나를 도와주셨다. 어떤 분은 아이디어를 내주셨고 어떤 분은 기사를 써주셨고 어떤 분은 용기를 북돋아주셨다.

최소한 나는 남편의 명예가 어찌 되든 상관없다는 식으로 입 다물고 가만히 앉아 있지는 않았다. 끊임없이 사람들의 기억을 일깨우고 부조리함에 대해 문제를 제기해왔다. 그게 나의 가장 큰 역할이었다. 나에게는 힘이 없고, 나의 말이 힘 있는 사람을 직접 움직이지는 못했다. 하지만 나의 목소리가 여러 사람에게 전달되고 또 전달되어 불가능해 보였던 일들을 이뤄낼 수 있었던 것이다.

언젠가 유명 연예인 한 사람이 이런 얘기를 했다. 자신이 대여섯 살 정도 되었을 때 한옥집 지하실에 빠진 적이 있었다고 한다. 깊

2018년 여름, 전쟁기념관에서 해군 전사자들의 이름을 쳐다보고 있는 나의 모습. ©윤상구

고 어두운 지하실에 갇혀서 빠져나올 수 없었고 그대로 있었으면 자신은 실종 상태로 죽을 뻔했다는 것이다. 그때 함께 놀던 두 살 정도 위의 형이 바깥에 있었는데 그의 힘으로는 도저히 동생을 끌어낼 수 없었다. 절망적인 상태에서 형은 큰 소리로 울기 시작했고, 형의 울음소리를 들은 주변 사람들이 달려와 지하실에 빠진 자신을 구해줬다는 얘기이다. 요점은, 나 자신은 남을 도울 힘이 없더라도 그를 위해 함께 울어줄 때 그 울음소리가 도움을 줄 수 있는 다른 사람을 움직인다는 얘기다.

나도 남편의 명예 회복을 직접 도울 수는 없었다. 하지만 끊임없이 울려 퍼진 나의 목소리가, 또 내 주위에서 함께 울어주신 여러분의 목소리가 이 어려운 일을 이룰 수 있게 한 것이다. 이제부터는 나의 도움이 필요한 분들을 위해 내가 함께 울어줄 차례이다. 그들은 제복 입은 분들, 우리 사회에서 가장 존중받아야 할 분들이다.

이제 나의 긴 이야기를 맺어야 하겠다. 제2연평해전 이후 16년이 지났지만 많은 분이 아직도 '그날'을 기억하고 나에게 큰 위로를 보내주신다. 그런데 정작 지금의 나는 '그날'의 슬픔은 다 잊었다. 버티고 살아냈더니 놀랍게도 잊혀졌다. 사람은 망각의 동물이라는 것을 뼈저리게 실감했다.

나는 슬픔을 잊었지만 고 한상국 상사는 대한민국 국민에게 잊혀서는 안 되는 인물이다. 그는 우리의 바다 NLL을 지키고 적으로부터 우리 조국 대한민국을 지키기 위해 목숨을 바쳐 전쟁을 치른 전사자이기 때문이다. 설사 한상국 상사 이름은 잊히더라도 그가 조국을 위해서 한 숭고한 희생은 절대 잊혀서는 안 된다. 이것이 내가 하고픈, 여전히 가장 중요한 말이다.

1   김명섭, "한반도 서해 NLL의 기원과 정치적 성격,"『21세기 정치
     학회보』, 23(2), 2013, pp. 21-45. 일부 발췌 및 참고.

2   연합뉴스, 2002년 6월 30일자, 이래운·정재용 기자, "김 대통령
     월드컵 결승전 참관"

3   동아일보, 2010년 5월 29일자, 박재명 기자, "윤영하 소령 아버지
     의 소원"

4   중앙일보, 1996년 9월 26일자, 염태정 기자, "공비 토벌 작전 중
     전사한 3용사 목메인 永訣"

5   연합뉴스, 2010년 5월 6일자, 김명균·고은지 기자, "평택교육청
     WEE센터 '유가족들 점차 안정 회복'"

6   연합뉴스, 2003년 6월 29일자, 황희경 기자, "네티즌 주도 서해교
     전 1주년 추모식"

7   조선닷컴, 2003년 6월 10일자, 김재은·박내선 기자, "효순 미선
     이는 기억하면서…"

8   조선일보, 2003년 11월 10일자, 이하원 기자, "나라 위한 희생,
     이렇게 대우 다르다니…"

9   이 부분의 내용은 노컷뉴스, 2004년 2월 18일 자, 이서규 기자,
     "러포트와 서해교전 미망인의 뜻 깊은 만남" 기사를 발췌 및 참
     고하여 구성.

10   국방일보, 2002년 7월 11일자, 박왕옥, "軍 작전과 언론 보도"

11   조선일보, 2004년 6월 29일, 채성진 기자, "벌써 잊었나 '6人의 서
     해교전 영웅'들 오늘 2주기"

12   연합뉴스, 2005년 6월 10일자, 강훈상 기자, "'서해교전' 한상국 중사 작품으로 재탄생"

13   조선일보, 2005년 4월 25일자, 사설, "이런 나라 위해 목숨 바치라고 할 수 있나"

14   매일경제, 2006년 12월 29일, 서양원 기자, "군 복무 4~6월 단축 등 병역개선안 한 달 내 결정"

15   데일리NK, 2011월 6월 28일자, 조종익 기자, "아들 몸에 박힌 쇳조각 파편 100개가 넘었다"

16   국민일보, 2006년 6월 23일자, 사설, "국가 안보에 대해 성찰하는 시간 갖자"

17   조선일보, 2005년 4월 23일자, 탁상훈 기자, "결국 고국 떠나는 서해교전 전사자 추모본부 대표 김한나 씨"

18   조선일보, 2006년 6월 6일자, 탁상훈 기자, "조국을 떠난 서해교전 전사자의 아내... 그후 1년"

19   조선일보, 2008년 3월 14일자, 채성진 기자, "[weekly chosun] 혈혈단신 미국생활 3년 '눈물의 일기'"

20   조선일보, 2008년 2월 19일자, 이하원 특파원, "조국 떠났던 그녀, 돌아온다"

21   문화일보, 2008년 2월 19일자, 최형두 특파원, "이런 날 이렇게 빨리 올 줄 몰랐다"

22   데일리NK, 2008년 6월 15일자, 김소열 기자, "故박동혁병장 母 '자식이 죽던 날 나도 죽었다'"

23 연합뉴스, 2008년 6월 23일자, 양정우 기자, "'제2연평해전' 미망인, 대통령에게 편지"

24 동아닷컴, 2010년 6월 30일자, 이미지 기자, "대한민국이 처음으로 그들의 이름을 불렀다"

25 동아닷컴, 2008년 10월 16일자, 최현정·정영준 기자, "강의석 씨, 당신 또래 젊은이들이 희생자였다"

26 유용원의 군사세계, 2007년 5월 1일자, "참수리357 이전에 대한 국방부의 입장"

27 조선일보, 2010년 4월 28일자, 채성진 기자, "천안함 희생자, 제2연평해전 때와 비교해 보니"

28 동아일보, 2010년 5월 27일자, 이미지 기자, "한상국 중사 부인의 한숨"

29 동아일보, 2013년 8월 2일자, 남경현 기자, "연평해전 용사 故한상국 중사 부인 공무원 특채"

30 연합뉴스, 2013년 6월 5일자, 김연숙 기자, "제2연평해전 유족, 6년째 대통령에게 편지 보내"

31 국민일보, 2018년 10월 12일자, 박세환 기자, 문재인 대통령 "서해 북방한계선NLL 피 흘리지 않고도 지킬 수 있다"

영웅은 없었다

연평해전, 나의 전쟁

초판 1쇄 발행   2019년 3월 12일
초판 4쇄 인쇄   2020년 4월 20일

지은이   김한나
펴낸이   안병훈
펴낸곳   도서출판 기파랑
등 록   2004. 12. 27 제300-2004-204호
주 소   서울시 종로구 대학로8가길 56 동숭빌딩 301호   우편번호 03086
전 화   02-763-8996(편집부) 02-3288-0077(영업마케팅부)
팩 스   02-763-8936
이메일   info@guiparang.com
홈페이지   www.guiparang.com
ⓒ김한나, 2019

ISBN 978-89-6523-630-6   03810